徳間文庫

人情刑事・道原伝吉・

松本–鹿児島殺人連鎖

梓林太郎

徳間書店

目次

第一章　寂しき被疑者

1

六月十九日、雨が降る夜の九時すぎ、松本市内の裏町と呼ばれている大手四丁目の一角で、不動産業を営んでいた男が殺された。

殺されたのは船田慎士、五十六歳。住所は市内の開智三丁目。市内中央二丁目で健美産業というビルやマンションなどを買い取って転売する会社を経営していた。

事件発生当時の目撃者の話によると、小雨の裏町通りを傘をささずに歩いていた船田は、急に激しく降りはじめた雨をよけるためか、シャッターの閉まっている商店の軒下へ入って立っていた。タクシーでも拾うつもりだったのではないか。そこへ黒い服装の男（と思われる）が近づき、船田となにか話していたようだったが、黒い服装の男が二、三歩退くと、船田は腹を両手で押さえるようにして膝をつき、そして前のめりに倒れた。

目撃者は市内の会社員二人で、船田とは道路の反対側の商店の軒下で雨宿りをしていた。タクシーが通るのを待っていたのだが、道路の反対側で雨宿りをしている男をなんとなく見ていた。すると黒い服装の男性が近寄り、一分経ったか経たずに男からはなれたので、なにか異様なものを感じた。男からはなれた黒い服装の人物は、丸の内方面、つまり松本城方向へ走っていった。会社員の二人は、うずくまるように倒れた男に駆け寄った。男は両手で腹を押さえて苦しそうに唸っていた。血の匂いを感じた。直感的に逃げた男に刺されたのだということが分かったので、一一〇番へ掛けたが、まちがえたといって一一九番へ掛け直した。腹を押さえている男がなにかいったので耳を近づけると、鞄を奪われたのだといっていた。

男は救急車によって病院へ運ばれたが、途中で死亡した。腹を刃物で刺されたための失血が原因だった。

犯人は、船田慎士ということを知って近づいたのではないか。彼の家族や健美産業の社員によると、いつも鞄には二百万円か三百万円の現金を入れているという。妻は、現金を持ち歩くのは危ないのでやめるようにといったことがあるが、船田は、『必要なときがある』といっていた。彼には裕福でなかった時期がある。常に二、三百万円の現金を持ち歩いているのは、金が欲しかった時代を忘れないためだ、と家族に語ったこともあった。

船田の家族は、妻紀子・五十一歳。長女真琴・二十二歳。次女綾乃・二十歳。二人の娘は学生である。

二年前に市内では有数の住宅街である開智三丁目に家を新築した。

健美産業には社員が六人いる。うち二人が女性。

今年に入ってからの主な業績は、岡谷市内の事務所用ビルを買い取って、約一か月後に転売。諏訪湖畔の旅館を買い取って改装して転売。約四千万円の利益をあげた。現在、松本市内の二か所に買い取ったビルがあって、一か所は改装中。

事業部長の肩書きのある花岡時行・四十二歳によると、業況は順調で今期は大幅利益が見込まれているという。

事件発生の翌日、安曇野署から松本署へ転勤してきて間もない刑事の道原伝吉が署の小会議室で花岡に会った。道原の横には体格のいい吉村刑事がすわっている。

花岡は浅黒い顔の長身だ。けさは髭を剃るひまがなかったとみえて、口のまわりが汚れているように見える。紺のスーツに地味な柄のネクタイをしていた。不幸な出来事のあとなので装いをつとめて地味にしてきたようだ。

道原はまず花岡に悔みを述べた。花岡は椅子を立って丁寧に頭を下げた。

「お取込み中、恐縮ですが、重大事件ですので」

道原がいうと、花岡は、分かっていますというように口元を動かした。

「ご存じと思いますが船田さんは、夜九時少しすぎに事件に遭っています。裏町にいたのは仕事でしょうか、それとも個人的に行きつけの店でも」

「仕事ではなかったと思います」

「事件現場の近くに、行きつけの店でもありますか」

「私は二回ほど連れていかれた店があります。社長はその店で飲んだあと……」

花岡は語尾を消した。

花岡が船田に連れられて二回ほどいったのは、一階がすし屋のビルの二階のスナックだったという。飲みにいったのは一年あまり前だったが、店の名を思い出せないといって額に人差指をあてた。

「思い出しました。店の名は外国の有名な画家が描いた裸婦の名だと教えられました。南のほうの島国の肌の黒い、ええと画家はゴーギャン」

「ゴーギャンが描いた裸婦の名……」

道原は小会議室を出ると署内で「シマコ」と呼ばれている河原崎志摩子にそれをきいた。彼女は「ええと、ええと」といっていたが、思い出せないらしく、検べるといった。

五分もしないうちに、「テフラ」だといいにきた。

「船田さんはテフラという店へは、たびたびいっていたんですね」

「週に一回ぐらいはいっていたようです」

「飲みにいく曜日は決まっていましたか」

「曜日は決まっていなかったと思います」

「船田さんが刺された現場とテフラとは、どのぐらいはなれていますか」

花岡は他の署員から凶行に遭った地点をきいている。

「百メートルとはなれていません」

「船田さんは小雨のなかを歩いていたようです。家へ帰るのなら、店でタクシーを呼んでもらえばよかったのにと思いますが」

道原は花岡の顔に注目してきいた。

「社長は、もう一軒へ寄るつもりだったんじゃないでしょうか」

その店は、テフラから歩いて四、五分の「福や」というスナックで、裏町通りとは一本筋がちがうという。

犯人は船田を知っている人間だろう。彼がテフラを出てくるのを張り込んでいたことが考えられる。船田は手提げのバッグを持っていた。そのなかには常に二、三百万円を入れていた。犯人はそれを知っていた。現金を奪うためにナイフで腹を刺したものとみられている。

「六人の社員は、船田さんが現金を持ち歩いているのを知っていましたね」

花岡は「知っていた」というかわりに首を小さく動かした。

「健美産業は創立何年ですか」

道原は質問の角度を変えた。

「会社設立は十五年前です。その前は個人でやっていたときいていました」

「船田さんがまとまった金額の現金を持ち歩くようになったのは、いつごろからですか」

「さあ。私は入社してちょうど十年ですが、そのときから現金を持ち歩いていたようです。金額は知りません」

「現金を商売以外の人に見せることがありましたか」

「知りません。人に見せているところを見たことはありませんので」

「商売上、まとまった額の現金が必要なときがありましたか」

「それはありました。不動産の買い付けの話をしているとき、手付金を払うことがあります。たいていの買い付けでは値切ります。現金を見せて値切るんです。どこにどういう物件の話が落ちているか分かりませんので、社長はそういうときのために、手付けを打てる現金を持っていたんです」

「船田さんは、現金強奪の目的でやられたと思いませんか」

「思います。まちがいなく現金が狙いだったんでしょう」

船田が現金を持ち歩いていることを知っている者のうち、それを強奪するためにナイフを使用したのはだれかだ。

遺体解剖検査で凶器は片刃のナイフだと判明したが、犯人がそれを持ち去ったのか、現場および付近からは発見されなかった。

捜査本部は、現場付近の防犯カメラが捉えている画像を解析した。船田が急に激しくなった雨を避けるために走っていく姿が捉えられていたが、凶行に遭った現場は画面に入っていなかった。だが午後九時七分、ニット帽らしいものをかぶった黒い服装の人物が駆けていく姿が、一瞬画面を横切るように映っている。

雨宿りしていた会社員が一一九番通報した時刻から逆算すると、黒い服装の人物が映っていた時刻が犯行時にちがいないと推測された。

道原と吉村は、逃げるように画面から消える人物を何度も再生した。

「男だろうね」

道原がつぶやいた。

「若い男のようですね」

会社員の二人は、雨宿りしている船田に近寄った人物は黒い服装だったといっているので、画面を横切るように映っている人物は犯人の可能性があった。目撃者の二人の会社員は、犯人とみられる人物をことさら黒い服装といっている。防犯カメラの画像を見るとニット帽らしきものをかぶっていて、それも黒のようだ。夜の闇に紛れるための服装だとしたら、犯行は計画的とみていいだろう。

計画的だとしたらこういうことが考えられる。――船田慎士の顔立ちや体格を知っている。中央二丁目のビルから船田が出てくるのを張り込んでいた（六月十九日の船田は午後七時ごろに健美産業を出たのを、社員の花岡と百瀬が憶えている）。会社を出た船田はどこかで夕食を摂っただろう。スナックのテフラに入ったのが八時少し前。一時間ぐらいでテフラを出てきた。もう一軒ぐらいハシゴするのではと見ていたが、雨が急に激しくなったので、タクシーをつかまえようとしてか商店の軒下に避難した。都合のいいことに船田はずっと独りだった——

道原は、あらためて船田慎士の経歴を読んだ。

鹿児島市甲突町生まれ。

大阪市の西寺商店勤務。

横浜市の小杉商事勤務。

東京都大田区のグッドクリーニング商会勤務。

松本市の上条林業勤務。

松本市で健美商事創立。同社を健美産業株式会社に変更。

2

経歴書は船田本人が書いたものだった。

殺される原因が来し方のどこかに隠されているかもしれないので記述の会社をあたることにしたが、大阪市の西寺商店と横浜市の小杉商事は所在不明で確認できなかった。

東京・大田区のグッドクリーニング商会は該当があったし、同社に船田慎士が勤務した記録が残っていた。

同社に入ったのは二十八歳で、三十一歳までクリーニング受付の外交員として勤務した。軽四輪車を運転して高級住宅街の得意先をまわり、洗濯物をあずかり、出来上がりを届ける仕事。船田は元からの得意先以外からも注文を受け、得意先を増やしていたことが記録されている。交通事故も金銭的な事故も起こしていなかった。退職は「円満」となっていて特記されていることはないという。

松本市の上条林業では建築資材売り込みの営業マンとして勤務した。同社が独自に開発した防腐剤を建設会社や住宅販売会社に売るのが主な仕事で、東京や横浜の企業にも売り込んで、成績をあげていた。

同社には約十年間勤務したが、松本市内で不動産業をはじめるといって退職した。それにはきっかけがあったことが、退職して半年ぐらい経ってから分かった。市内の飲み屋で知り合った高齢の人から、『所有しているマンションを手放したい。買ってくれる人を紹介してくれたら、充分なお礼をする』といわれた。船田は売りたいというマンションを見にいき、写真を撮り、上条林業に勤めていたときに知り合った数社に話を持ち込んだ。その話をまたぎきした岡谷市の精密機器メーカーの社長が、マンションを直に見て、安い買い物だと思ったらしく、『買い取る』と返事をした。船田はマンションの前の持ち主からまとまった金額の礼を受け取った。

これは上条林業勤務中にやったことだったので、同社の上層部は規則違反だといったが、紛争は起こさなかった。

上条林業勤務中に、司法書士事務所に勤めていた市橋紀子と結婚した。

結婚一年後に、食道と胃に腫瘍が見つかったことから手術を受けた。それまでに日に五十本タバコを吸っていたが、医師のすすめもあってぴたりとやめた。手術後半年経つと、酒を飲むようになった。以前から酒は強いほうといわれていた。ビールを飲み、ウイスキーの水割りの濃いめのを十杯ぐらいは飲み、最後にワインを一杯飲るのが習慣化している。

船田慎士が事件に遭った翌々日の夜、道原と吉村は裏町のスナック・テフラへ聞込みにいった。

開店したばかりの店内にはタバコと甘ずっぱい匂いがしていた。その匂いを追い出すように換気扇が音をたてていた。

テフラにはママと女性が三人いるというが、時間が早いせいか出勤していた女性は

二人だった。客は入っていなかった。そのうちの一人の小夢というわりに背の高い女性が、

「わたしが船田さんのお相手をしていました」

と、一昨日のことをいった。いくぶん腫れぼったい目の縁を黒く描いて長めの睫を植えている。そろそろ三十の角にさしかかった歳格好だ。

「船田さんには、いつもあなたがつくんですね」

道原がきいた。小夢は椅子をすすめたが腰掛けなかった。

「担当ですので」

「船田さんは、どのぐらい飲みましたか」

道原は一昨日のことをきいた。

「いつものように、最初は小さいグラスでビールを一杯。それから水割りにして、たしか三杯召し上がりました」

どんなことを話したかときくと、

「このごろ、ときどき、だれかから後を尾けられているような気がする、といっていました。どんな人に尾けられていそうなのってききましたら、尾けている者を見たわけじゃないので分からないといっていました」

それは重要な情報だと思ったので、道原はノートにメモをした。吉村もさかんになにかを書いていた。

「いつごろから尾けられているって感じていたんでしょうか」

「このごろっていっただけでした。わたしが心あたりをきいたら、首を横に振りました。それでわたしが、奥さんがだれかに頼んで、素行を調べているんじゃないのっていいましたら、家内はそんなことをしないっていってました」

「船田さんの素行には、怪しい点でもありそうでしたか」

道原は笑みを見せた。

「お客さんのことをこんなふうにいってはいけないでしょうけど、船田さんは働き盛り、男盛りといった感じですので、奥さんに知られたくない人がいても、おかしくはないと思っていました」

「この店には、そういう人はいないんですね」

小夢は目尻を下げて首を振った。

船田は週に一度はくるというのだから、目当ての女性がいるのではと小夢の顔をじっと見たが、この店にかぎっては酒を飲みにくるだけだと彼女はいった。

船田が飲みにいくほかの店はどこかときいた。小夢は一筋東の福やというスナックへいっているようだといった。

「福やは、ここよりも広くて、きれいなコが何人もいるそうです」

小夢はそういってから口元をゆがめた。だれかから福やでの船田の評判でもきいたのではないか。

小夢に礼をいってテフラを出ると、

「同じ酒を飲むなら一軒でもいいのに、なぜハシゴをするんだろう」

道原は、自宅で晩酌することがあるという吉村にいってみた。

「一種の癖なんですよ。一軒では飲み足りないので二軒目へいく。それが習慣化してしまって、かならず二軒で飲む。そういう人はけっこういるようです。次の日は二日酔いで、後悔や反省もするという人もいますよ」

「きみは、酒が強いのか」

「強くはありません。日本酒が好きなだけなんです」

「晩酌には、どのぐらい飲むの」

「風呂から上がって、寝る前にグラスに一杯だけです」

これから吉村とは飲む機会があるだろうと道原は思った。

吉村は間もなく三十歳になるというが、独身だ。コンビを組んで仕事をしているうちに、身の上話をきくこともありそうだ。

スナックの福やもビルの二階だった。

木製の茶色の厚いドアを開けると、「いらっしゃいませ」と複数の女性の声がした。入口の照明は明るかったが右に曲がると店内は照明を落としていた。カウンターの右手が長椅子のボックス席だ。道原が身分証を見せた。

カウンターから出てきたのはクリーム色のドレスの女性で、「ゆりあです」と名乗った。三十近いと思われる。赤い唇だ。さっき会ったテフラの小夢より数段化粧がうまそうだ。ゆりあは、刑事が船田慎士の事件できたのをすぐに悟ったにちがいない。ゆりあは船田の担当だったといった。

二人連れの客がボックス席にいたので、道原はゆりあをドアの外へ呼び出した。

「おはようございます」と女性がいって壁ぎわを通り、隣の店へ入った。

「おととい、船田さんは飲みにくることになっていたのでは」

道原がゆりあの反り返った黒い睫にきいた。

「週に一度はおいでになるので、そろそろと思っていました」

「船田さんは、いつも独りで」

「お独りのことが多いですけど、一人か二人、お客さんをお連れになることもありました」

一緒にきた人を憶えているかときくと、一人は名刺をもらったといって、店へ入って名刺を持って出てきた。松本市内の宮沢建設という会社の社長だった。

「たしか宮沢さんとは二回一緒にお見えになりました。宮沢さんは歌がお上手なのを憶えています」

船田が宮沢利昭を二回つづけて連れてきたのは一年あまり前。その後、宮沢が三人連れできたことがあるという。

「船田さんは歌をうたわないの」

「どなたかと一緒にお見えになったときはうたいます。いつも一曲だけ」

「どんな歌を……」

「浪曲子守唄です」

「その歌だけ……」

「はい。その歌だけを気持ちよさそうにうたいます」

「独りできたときは、うたわない」

「すすめてもうたいません」

「船田さんから最近、不愉快な話をきいていませんでしたか」

「不愉快……」

ゆりあは、ネックレスのトップのグリーンの玉をまさぐったが、

「そういえば」

と、まばたきして、最近、だれかに尾行されているような気がする、といったことがあったという。

「船田さんがそれをいったのは、いつでしたか」

「一か月ぐらい前でした。なぜ尾けられているのが分かったのってききましたら、社員の花岡が、尾けている者を見たということです」

実際に尾けられていたのだろうか、と道原はいった。

「だれかに尾けられる憶えはってききましたけど、おれは警察から怪しまれるようなことはしていないし、心あたりはないっていいました」

さっきの小夢の話と合っている。船田は少なくとも一か月ほど前から、人目のない場所で、独りになるところを狙われていたようだ。

「船田さんは現金を入れていた鞄を奪われましたが、あなたは、船田さんが現金を持ち歩いていたのを、知っていましたか」

「現金をですか。知りませんでした。船田さんは、カウンターでもボックス席でも、

黒い鞄をかならずそばへ置いていましたので、大切な物が入っているのだろうとは思っていました。盗まれた現金はいくらだったんですか」

彼女は目を丸くした。

「金額ははっきり分かっていません。鞄にはそのほか、大事な物が入っていたでしょうね」

道原と吉村は、ゆりあに礼をいってビルの階段を下りた。

「いま気付いたことですが、飲み屋の女のコが船田さんが多額の現金を持ち歩いているのを知っていたら、それをだれかに教えて、スキを狙って奪わせることが可能ですね」

現金が入った鞄を奪わせることは考えられるが、船田は殺されている。犯人は鞄を奪えなかったので刺したのか。犯人はナイフを用意していた。殺すのが目的だったのではないのか。

船田の家族にはべつの捜査員が会って、船田が百万単位の現金を持ち歩いていたのを知っていたかを尋ねた。妻は、いくらかは知らないが、まとまった額を鞄に入れていたのを知っていたと答えた。二人の娘は、父親の仕事に無関心だったようで、現金のことは知らなかったといった。

家族と社員には、防犯カメラの映像を見せた。ニット帽らしいものをかぶり、画面を横切った男性と思われる人物に心あたりはないかときいたのだった。

その人物の体格が分析された。男性らしくて、身長は一七〇センチ近くで痩(や)せぎす。同一人物と思われる男が女鳥羽(めとば)川に架かる鍛冶(かじ)橋北の防犯カメラに入っていた。その時刻は六月十九日午後九時二十四分。船田が襲われたと思われるのは午後九時七分ごろだ。事件現場と鍛冶橋北の距離は約二百メートル。充分着くことができた距離である。

3

捜査本部には、船田慎士と仕事上関係のあった人や飲み屋で知り合ったという人が毎日、呼ばれてきていた。

事件発生から六日目の六月二十四日の午前十時すぎ、うす汚れた服装の若い男が、パトカーに乗せられて到着した。金武咲人(かねたけさきと)といって二十一歳だという。身長一六五センチ程度で痩せている。体重は五十キロぐらいではないか。髪が長め。

事件の被疑者だ。ビルの防水工事を請負っている会社に勤務していて、けさも工事現場へ到着したところを張り込んでいた捜査員に呼びとめられて、連行されてきたのだった。

金武は、十九日の午後八時すぎから九時ころのあいだ、裏町にいたことが分かっている。事件現場付近の防犯カメラに体格などが似た男が映っていた。

事件の目撃者をさがしていた捜査員が事件現場付近を聞き込みしているうち、何日か前からビルの屋上で防水工事が行われている。作業は三、四人でやっているが、そのうちの一人が十九日の夜、独りで歩いていたという聞き込み情報があったので、防犯カメラの映像を見てもらった。似ているといわれた人物が金武咲人だった。ビルの防水工事を請負っているのは北上工務店。金武は四か月ほど前から臨時作業員として勤務していることが分かった。住所は安曇野市三郷小倉ということだったが、昨夜はそこを確認できなかったので、工事現場を張り込み、到着したところを押さえた。

金武咲人の事情聴取には道原と吉村があたることになった。

二人が取調室に入ると、金武は眠っているように目を瞑っていた。顎に薄く不精髭が生えていた。眉が太くて濃く、目が大きい。鼻も高くてはっきりした顔立ちだ。

「陽焼けしているね」

　道原は金武のからだのわりに太い腕を見ていった。

「外での作業が多いものですから」

　声はやさしげだった。

「あんたにはいろんなことをきかなきゃならないが、ここへ連れてこられた理由は分かっているね」

「何日か前に、裏町で男の人が殺された事件の参考にといわれて、パトカーに押し込まれました。私は、何日間もまともにご飯を食べられない暮らしをしたこともあるし、いろいろと困ったこともありました。そういう人間なので、事件に関係していそうだと疑われたのだと思います」

　金武は、道原を恨むような目をしてから顔を伏せて話した。

「裏町で殺されたのは、不動産会社を経営していた船田慎士さんという人だ。知っている人だったか」

「知りません」

「会ったことは」

「なかったと思います」

「あんたは、十九日の夜、裏町にいたじゃないか。作業は六時半に終わっている。夜はなにをしていたんだ」

「帰ろうとして歩いているうちに、映画の看板を見ました。好きな女優が出ているし、なんとなく面白そうな気がしたので、映画館に入りました」

「観たのはなんという映画」

「『軍隊に入った豚』です」

「どうだった」

「途中から観たせいか、面白くなかったので、一時間ぐらいで出ました」

「映画館を出た時間を憶えているか」

八時ごろだったと思う、と金武は自信なさげな答えかたをした。

そのときの天候をきくと、霧のような雨が降ったりやんだりしていたといった。

裏町通りを歩いていたのかときくと、「食事をする店をさがして歩いていた」と、小さい声で答えた。

「食事をした店を憶えているか」

「店には入りませんでした」

「食事は、自宅でしたのか」

「コンビニで、おにぎりといなりずしを買って、それを食べながら帰りました」

「独り暮らしなの」

「独りです」

「家へ帰って、ご飯をつくって食べないのか」

「休みの日にはつくります」

「そうでない日は」

「食堂で食べます」

「朝は」

「食べたり食べなかったりです」

「けさは食べたの」

「ゆうべ、おにぎりを一つ残しておいたので、それを」

「あんたは、現住所に住民登録をしていないが、どうしてなの」

「面倒なので、しなかっただけです」

「住民登録はどこにしているんだ」

「東京です」

その住所をきくと、足立区青井(あおい)だと答えた。

それをきくと吉村が取調室を出ていった。

東京都足立区青井に金武咲人の住民登録があった。年齢は二十一歳。本籍は鹿児島市宇宿。

「あんたはさっき、何日間もまともにご飯を食べられないこともあったといった。どんなことで困ったのか、それを話してくれないか」

シマコがお茶を持ってきて、湯呑みを置いてから金武の顔に視線を注いで出ていった。

金武は喉が渇いていたのか、お茶を飲み干した。空腹も覚えているのではないか。

道原は、もう一杯お茶を注いでやれと、シマコに指示した。

シマコは金武の前の湯呑みを持ち去り、べつの湯呑みに注いだお茶を持ってきた。

金武は軽く頭を下げ、湯呑みのなかを見るような目つきをしてから二杯目も飲み干した。

金武の手の動きは緩慢だ。湯呑みをテーブルにもどすとき、音をさせなかった。彼は左手で右の灰色の半袖シャツの袖を摘まむと、それを引っ張って額の陽焼けの境界線あたりを拭った。汗をかいているわけではないが、頭が熱くなったのではないか。

彼は四、五分、なにもいわなかったが、唇を舐めると低い声で語りはじめた。

「小学校から中学のころです」

「そのころは、どこに住んでいたの」

「鹿児島です。……父はたまにしか帰ってきませんでした」

「船にでも乗っている人だったのかな」

「船の修理をする会社に勤めていたようです。船に乗って遠くの海へいく仕事ではなかったようです。たまに帰ってきた父は酒臭かったです。母が父を見て、『酒臭い』っていうので、父の嫌な匂いは酒のせいだと知ったんです。ですから私は父の近くへは寄りませんでした。父は壁によりかかって、目を瞑っていた姿を憶えています」

「お父さんがたまにしか帰ってこないというのは、どうしてなのか、お母さんにもきかなかったの」

「きいた憶えがありません。父と母が会話しているところを見た憶えがないので、夫婦仲が悪かったんじゃないでしょうか」

他人事（ひとごと）のようないいかただ。

「お父さんが船の修理をする会社に勤めていたことは、だれからきいたんだ」

「母からだったと思います」

「お母さんは、お父さんのことをどんなふうにいっていたの」

「一日中、厚い鉄板をハンマーで叩いているので、頭も耳もおかしくなっているといったことがありました」

「あんたはお父さんに、どんな仕事をしているのかをきいたことは」

「なかったと思います」

「お父さんのことが好きではなかったのか」

「嫌いでした。たまに父が家にいると、逃げ出したくなって、外で遊んでいました」

「あんたは、お母さんとは会話をしていたんだね」

「していません」

「していないって、学校の行事のこととか、学校へ持っていく物なんかについて、相談することがあっただろう」

金武は、小、中学生のころのことを思い出しているのか、しばらくのあいだ黙っていた。

「母とめったに話したことはなかったような気がします。どんなことを話したのか憶えていることがないんです」

「憶えていないだけで、学校でのことを報告したり相談したことはあったと思う」

「ひとつ思い出したことがあります」

彼は伏し目がちだった顔を上げた。

道原は、彼が思い出したことはなんだ、というふうに、わずかに首をかしげた。

「母に、『腹がへった』というと、千円札を投げてよこしました」

彼はその金をにぎって、コンビニへ走ったという。

「どんな物を買ったの」

「おにぎりや弁当。それから袋に入ったお菓子。ケーキを一個買ったこともありました」

「お母さんは、どこかに勤めていたのかな」

「そのようでした。初めは勤めていたけど、自分の店をはじめたようでした。私は見にいったこともないので、どんな店かは知りません」

「水商売だろうか」

「そうだと思います。しょっちゅう近所の美容院へいっていましたから」

その母も週のうち一日は帰宅しなかった。帰ってくるのは昼間で、すぐに布団をかぶって寝ていた。

「あんたの家には、ほかに家族は」

「七つちがう姉がいました。姉は朝ご飯を食べずに出掛け、夜遅くに帰ってきました。姉が台所に立つのは、水を飲むときだけだったような気がします」

「姉さんと話したことは」

「憶えていることといったら、たまにお金をくれたことです」

「お金をくれるとき、姉さんはなにかいったんじゃないのか」

「私が憶えていないだけで、なにかいったでしょうね」

「無駄遣いするなとか」

「思い出しました」

彼は姿勢を正すように背筋を伸ばした。

自宅のすぐ近くに認知症気味の老婆が独りで住んでいる家があった。老婆は父の実母だった。姉はその老婆と仲よしで、ちょくちょく訪ねているようだった。姉は金武に小遣いをくれるさい、『おばあちゃんになにか買っていって』といった。彼はいわれたとおり祖母の好きな「つけ焼き煎餅」と「かりん糖」を持っていった。

「じゃ、おばあさんとはよく話をしたんだね」

「おばあちゃんは、鹿児島がアメリカの飛行機の空襲を受けたことと、桜島の噴火の区別がつかなくなっていて、私がいくたびに、『爆弾が落ちたので、桜島が破裂した』なんていっています。おばあちゃんは若いとき芸者だったそうで、両手を振り上げて、踊りの真似をしたこともありました」

「おばあさんは、いまも健在」

「去年、八十歳で亡くなりました」

「あんたは、お葬式にいったんだね」

「いきました」

葬儀の席には両親も姉もそろっていたという。そこだけきくと特別変わった面のない普通の家庭のようである。

「北上工務店に就職したのは四か月ほど前らしいが、その前はどこに勤めていた」

「東京にいました」

金武は鹿児島市で中学を卒えると、上京した。就学先や就職先を決めていたわけではなく、東京に憧れていたので単身でやってきた、といったがいいにくいことでもあるらしく口ごもった。

道原が彼の顔をにらみつけると、目を伏せ、ある人に会いたくて上京したのだと、小さい声で答えた。

「ある人なんていわず、どこのだれかをはっきり話してくれ」

道原はつとめて低い声で追及した。金武は、船田慎士の事件には関係していないのではないかという思いがよぎったが、船田も金武も鹿児島出身である。松本市やその周辺に鹿児島出身の人はごく少ないのではないか。これまでに道原が知り合った鹿児島県出身者は、山に憧れて信州大学に入って卒業した。松本周辺には精密機器の会社が集中している。松本や安曇野を本社にした企業もある。それを知ったので彼は安曇野が本社の電子機器の中堅企業に就職して、家庭を持っている。鹿児島には両親や兄弟がいるので、年に一度は妻と子どもを連れて帰省しているようだ。

金武は、電子部品や精密工業とは無関係のようだ。

「私が小学生のとき、鹿児島の家へ姉の友だちという姉よりからだの大きいおねえさんが遊びにきていました。名前の字は分かりませんが姉からは『ワカバ』と呼ばれていました。姉から、『ワカバさんて呼びなさい』といわれていたので、私はそのとおりにしていました」

ワカバはどういう家庭の人だったかは知らなかったが、ときどき金武の家へ泊まっていった。姉がいない日でも、押入れから自分で布団を出して寝るのだった。

金武の部屋は姉の部屋の隣。ワカバは姉の部屋で寝るのだが、姉がいないと夜中に金武の部屋へきて、彼が寝ている布団へもぐり込んだ。彼は目を覚ました。初めてのときは驚いて、彼女に背を向けていた。何度かするうち、彼女とは向かい合って寝るようになった。彼の目の前ははだけた白い胸だった。彼女は、「吸う……」と、小さい声できいた。金武はなんのことか分からなかったが、ワカバは姉よりも大きいと思われる乳房を出して、金武の頬へ押しつけた。彼女がいった「吸う……」といった意味が分かってきて、彼女の乳首を口にふくんだ。なぜなのか、姉は帰宅しない日がたびたびあった。姉が帰ってこないとワカバは金武の布団に入り、彼に乳を吸わせた。

4

中学三年のとき、ワカバが東京へいったことを姉からきいた。東京へいった理由は分からなかった。

ある日姉は、ワカバからの手紙を読んでいた。姉が出掛けたすきに金武は、ワカバからの手紙をさがして、読んだ。それには、「咲人君元気か」と、「咲人君によろしく」と書いてあった。が、それを姉は伝えてくれなかった。

金武は、そっとワカバの住所を控えた。そのときワカバの本名を初めて知った。[野山若葉（のやまわかば）]だった。

中学卒業がまぢかになった日、父が、『高校をどこにするのか決まっているのか』と珍しく心配顔をした。

『もう学校へはいきたくない』

『勉強が嫌いなのか』

『そう』

『いろんなことを学ぶのが楽しいという生徒がいるのに』

『学校へ入るには試験があるじゃない。入ってからもテストが何回もあるじゃない。それが嫌いなんだ』

『おまえの中学の成績は上のほうじゃないか。県立に入れると思っていたのに』

『嫌だ。高校にはいかない』

『中学で学校をやめて、なにをしたいんだ』

『東京へいく』

『なにしに東京へ。なにか伝(つて)でもあるのか』

『ないけど、働くんだ。東京ならいろんな仕事があることが分かったから』

『高校も出ていない男の働き口といったら、建設現場の下っ端作業員ぐらいなもんだぞ』

　それでもいいと思ったが、父から顔をそむけた。

　東京へいくには金が要るので、母にも告げた。

母も父と同じで、なにか目的があっていくのかときいた。

『わたしはおまえを大学にいかせるつもりなんだよ。鹿児島で高校を出て、東京の大学へすすむんならそれでいいと思っていた。中学を出ただけの坊やが東京でできる仕事なんて、ない。つまらんことを考えるな』

母のいいかたはけんもほろろで、いい終らぬうちに鏡に向かって化粧をはじめた。

金武は姉にも東京へいくことを話した。

『東京へいったら若葉を訪ねるといい。東京じゃ彼女が先輩なんだから挨拶しなきゃね。彼女はアパレルの仕事をしているらしいけど、そこの給料だけじゃ生活がキツいっていって、アルバイトしているらしい。あんたが会いにいけばよろこんで、ご飯をおごってくれるかも。自分の食べた分は自分で払うんだよ』

姉は、野山若葉の住所をメモしてくれた。そして中学の卒業式の次の日、『わたしが働いてためたお金なんだから、無駄遣いしないで』といって十万円くれた。

東京へは飛行機でいくことにしたが、見送る人はだれもいなかった。同級生のだれにも東京ゆきを告げなかったのである。東京へ発つ前の日、父も母も十万円ずつくれた。『金が底をついたらもどってくるだろう』と、父は笑った。おばあちゃんに東京へいくことを話すと、『栗まんじゅうを食べたい。東京では売っていると思うで、買ってきておくれ』といった。

羽田空港に着くと案内所の人に、足立区青井というところへのいきかたを尋ねた。電車を二回乗り替えるのだとメモに書いて教えてくれた。最寄り駅で降りてから二時間もかかって、やっと若葉の住所のアパートをさがしあてることができた。

『あら、咲人なの。よくここが分かったわね』

と若葉はいって迎えてくれそうな気がしていたが、そのドアは固く閉まっていた。彼女は勤めていて夜にならないと帰らないだろうと思ったが、そこを去ることができず、彼女のアパートが見える場所に立ちつくしていた。

日が暮れてしばらく経つと、彼女の部屋の窓が明るくなった。彼女が帰宅したのだ、と思い込んでドアをノックした。

ドアを開けたのは年配の女性だった。金武は、『野山若葉さんは』ときいたような気がする。年配女性は、『前に住んでいた人だと思います。どこへ引っ越したのかは大家さんが知っているんじゃないでしょうか』といって、アパートの家主の家を教えてくれた。

門構えのその家の庭からは大型犬の声がした。インターホンに応じた女性は、『くぐり戸からどうぞお入りください。犬がよろこんで飛びかかるかもしれませんが、嚙みつくことはありません』といった。金武は犬が苦手だった。中学の同級生の家には白地に黒い斑点の大型犬がいて、同級生は自慢して連れ歩いていたが、金武は近寄らなかった。

彼は恐る恐るくぐり戸を入った。茶色の犬は玄関ドアの前で背伸びするように金武を見ていた。

彼は玄関ドアから顔を出した白髪の主婦に、野山若葉の転居先をきいた。

『野山さんは信州の松本へいきましたよ』

きいたことのある地名だった。頭に地図を広げてみたが、どのあたりなのか見当もつかなかった。

『野山さんはいい方でしたけど、急に引っ越すことになったといって、お正月すぎに。信州は寒いところなのに、なにがあったのか。……野山さんは鹿児島の出身でしたが、もしかしたら、あなたも……』

ときかれた。金武はけさ鹿児島を発ってきたのだといった。

『まあ、遠方からわざわざ。あなた野山さんの弟さん……』

金武は首を横に振った。若葉との間柄をどう説明したものかと迷った。

『野山さん、引っ越しすることを、どうしてあなたに伝えなかったんでしょうね。あなた、彼女の電話番号をご存じじゃないの』

金武は知らないのだと答えた。

主婦の顔が曇った。電話番号も知らない少年が鹿児島から訪ねてきた点に疑問を感じたようだった。

金武は、姉に若葉の電話番号をきいていなかったのを憾（うら）んだ。主婦に頭を下げてもどることにした。主婦は少年の事情をあれこれ推測しているのか、ものをいわなくなった。

姉に電話して、若葉の住所を訪ねたら彼女は一月に引っ越していたといった。

『あんた若葉を頼るつもりだったの』

『頼るつもりじゃないけど、ほかに知り合いの人はいないので、会いにいったんだよ。姉ちゃんは若葉に会いにいってらっしゃいっていったじゃないか』

姉も若葉が転居したことを知らなかった。松本へいったらしいというと、『東京で松本の人と知り合って、それでそっちへいくことにしたのかもね』姉は若葉に電話してみるといっていったん切ったが、すぐに掛かってきて、『若葉は電話番号を変えていた。なぜそれをわたしに教えないのかしら』と、怒っているようないいかたをした。『あんたは出鼻をくじかれた。東京にいてもいいことはないと思うので、もどっておいで。やっぱり、こっちで高校へいったほうがいいよ』

金武は、『考える』といって電話を切った。

北千住駅の近くでビジネスホテルを見つけて、泊まることにした。そこへ入る前にコンビニで二食分のパンと水を買った。フロントで氏名と住所を書かされた。

パンをかじっているうちに、手持ちの金が減っていくのが恐くなった。

公共職業安定所という機関があることを学校で学んだのを思い出した。

次の朝、ホテルのフロントの女性に、職安の所在地を尋ねた。

女性は、金武の全身を見てから、『働きたいんですか』ときいた。彼はうなずいた。

『引っ越しセンターで、人を欲しがってるけど、そこでよければ紹介しますよ』

引っ越し荷物を運ぶ仕事だろうと見当がついたので、『お願いします』といった。

『鹿児島から出てきたのね』その女性はもう一度、金武の全身を見まわした。

彼女はチェックアウト客を手ぎわよくさばいていた。彼女の手があくまで彼は控え室で待たされた。そこにはベッドがあり、毛布が丸められていた。ポットがあり、湯呑みには飲みかけのお茶が入っていた。彼は、彼女が客と話している声をききながら、湯呑みに残っていた冷えたお茶を飲んだ。

彼女の手がすいた。熱いお茶をいれてくれた。

『十五歳なのね。鹿児島から独りで出てきたんですか』

『そうです』

『なにか目的があったんですか』

『目的は、働くためでしたけど、知り合いが一人いたので、その人のところへいったら、引っ越していました』

『そう。あと知り合いはいないのね』

金武はうなずいた。

『じゃ、これからは独りで暮らしていかなきゃならないんですね』

彼女は、紹介するのは引っ越しセンターだけど、いいのね、と念を押した。

彼が頭を下げると、彼女は電話を掛けた。

引っ越しセンターの人がきてくれるから、と彼女はいって、『わたし、これから朝ご飯なのよ』というと、弁当を開いた。早朝に弁当をつくって出勤するのだという。

彼女は箸(はし)を持ってから、

『あなた、けさはご飯食べていないでしょ』

ときいた。

部屋でパンを食べたと答えた。

『半分、食べる……』

彼女は弁当箱の蓋にごま塩のかかったご飯と、ウインナーソーセージとごぼうの味噌漬けをのせ、小ぶりの戸棚から割り箸を出した。

『わたしにも、中学生の女の子がいるのよ』

といって、熱いお茶を注いでくれた。

金武は頭を下げて箸を持った。

ふと、鹿児島の家が浮かんだが、家族全員がそろって食事をした記憶が彼にはなかった。

5

引っ越しセンターの男が車で迎えにきたとき、ホテルのフロントの女性は、

『わたし久保田君枝というの。なにか困ったことがあったら、電話して』

といって、氏名と携帯の電話番号を書いたメモをくれた。

車で連れていかれた引っ越しセンターは［足立実送］という会社で、当然だがコンテナ車が何台もあり、ガレージ内では整備が行われていた。事務係の人に、あすからでも勤められるか、ときかれたので、『働けます』と返事をした。

寮へ案内された。そこはなんと、野山若葉が住んでいたアパートの近くだった。

車庫への集合は朝八時。寮には車を持っている者がいるので、それに便乗してくるとよい。それまでにしっかり朝食をすませてくるようにといわれた。寮は賄い付きで、朝と夕食が摂れるのだった。

夕方、社名が入った作業衣が二着と帽子が届いた。

次の日は日曜だった。『引っ越し屋には日曜も祝日もない』と、出勤の途中、車を運転している男にいわれた。会社では点呼があった。そこで金武は十数人の社員に紹介された。

その日は、足立区中川というところから横浜市戸塚区へ移転する家庭の荷物を運んだ。金武はもっぱら細かい物の箱詰めをさせられた。『もっと早く手を動かせ』と二度注意された。壺を包むさい包み紙で手を切った。怪我をした場合、かならず報告するようにいわれていたが、傷口を舐めただけで黙っていた。だが作業衣に血が付いたのを先輩に見つかり、注意を受けた。

初めのうちは六日勤務して一日休みだったが、入社して半年経つと五日勤務、二日休みになった。

三か月ほど経ったころ会社から住民登録をしておくようにといわれたので、区役所の支所へいった。名前を呼ばれるのを待っている間にふと、北千住のホテルの久保田君枝を思い出したので、住民登録を終えると会いにいった。

君枝はフロントを出てくると金武の両手をにぎり、

『足立実送の人事係の人から電話があって、金武君は真面目に勤めているといわれたので、安心していました』

彼女は、きょうは早番なので早く帰れるから、夕食を一緒にしようといってくれた。

君枝は電話で娘を呼んだ。三人で中華レストランへ入った。娘は、高校生になっているといったので、金武と同い歳だと思ったがいくつも歳上に見えた。

娘はメニューを見て料理をオーダーしたが、料理の名を知らない金武は、二人に任せていた。

入社して二年経つと会社は運転免許を取得させるために、金武を夜間教習所へ通わせた。

足立実送へ入社して五年経った。東京と周辺の地理に詳しくなった。彼は交通違反も事故も起こさなかった。手や足に軽い怪我を負ったが、仕事を休むほどではなかった。

ごくたまに遠方へ引っ越しする荷物を運ぶことがあった。なぜか西のほうへ移転する人が多く、静岡、愛知、奈良、和歌山の各県へは何度かいった。会社が西のほうを金武の班に割りあてているようだった。

秋が深まり、風もないのに欅(けやき)の葉が舞い落ちる日、荒川区から長野県松本市へ転居する家の荷物を運ぶ仕事がまわってきた。松本ときいたとき、野山若葉の名と顔が頭に浮かんだ。彼女は松本市へいったのだと、前に住んでいたアパートの家主がいった。金武はときどき若葉を思い出していた。思い出すと彼女の白い胸が目の前に迫り、乳首が頰と唇を撫(な)でた。乳首にはほのかな甘い匂いがあって、彼が歯を立てたわけでもないのに、ぴくりと肩を縮めるように動いたものだった。

彼はかぶった布団のなかで目を開けて、乳房の脈の音をきいていたような気がする。

松本で荷物を降ろしたところは、緩い坂の頂上の新築家屋で、そこからは北アルプスを望むことができた。連峰は青黒い色をしていたが、よく見ると稜線(りょうせん)のところどころが白かった。山には雪が降っているのを知った。

家具を据え終えると、金武はあらためて山脈を眺めた。空気が冷たくて澄んでいた。

この松本には若葉がいるにちがいなかった。毎日、ギザギザに連なる白い稜線を眺めているだろうと想像した。

十二月二十八日は今年の仕事納めだった。

『正月早々、七件の引っ越しが入っている。幸先がいいということだ。三が日を休んで、四日からがん張ってもらいたい』

と、社長は挨拶し、その日はビールで乾杯した。

金武は、ビールを注がれたが一口も飲まず、配送主任を壁ぎわへ呼んで辞意を告げた。

『どうしてだ』

主任はグラスを持って目を丸くした。

『どうしてもいきたいところがあるんです』

『いきたけりゃ正月休みにいってくればいいじゃないか』

『そこに住みたいんです』

『きみは会社が養成した人間だ。その恩を忘れているんじゃないのか』

『忘れていません。感謝しています。ですがどうしてもさがしたい人がいるんです』

『さがしたい人。それはどういう人なんだ』

『それはいえません』

『住みたいところって、どこのことだ』

『松本市です。そこに住んで、ある人をさがしたいんです』

『きみは一日も休まず、真面目に仕事をよくやった。鹿児島から出てきたというのに、一度も帰省しなかった。家庭的になにか事情があるんじゃないかとは思っていたが、もしかしたら五年前、東京へ、人をさがしにきたんじゃないの』

そうだともちがうとも金武は答えなかった。

金武が所属している班は男女合わせて八人。これから忘年会をやるといわれたが、金武は参加できないといって、北千住のホテルの久保田君枝を訪ねた。足立実送を辞めて、松本へいくことを話した。

彼女には正直に野山若葉という女性が住んでいるところへいきたいのだと話し、彼女の住所を知るにはどうしたらよいかをきいた。『その人、あなたのおねえさんにも電話番号を変えたことを知らせなかったんでしょ。なにか都合の悪いことがあったんだと思うの。だからあなたにも会いたくないんじゃないかしら』

君枝は、若葉の住所を知らないほうがいいし、会いにいかないほうがいいといった。

しかし金武は若葉に会いたかった。どんな事情があって松本へいったのかも知りたかった。

住所を知るには住民登録を調べる方法があるが、それは身内でもない一般の人が知ることはできないという。弁護士か司法書士なら適当な理由をつけて照会してくれるだろうと君枝はいった。

金武は車のなかから弁護士事務所の看板を何度も見たのを思い出した。

彼は一月末まで足立実送に勤めることにし、その間に弁護士事務所を訪ね、野山若葉の住所照会を依頼した。

住民登録上の移動先が分かった。そこは松本市筑摩（つかま）というところだった。

彼は退職するとすぐに、列車で松本へいった。松本駅を見たのは初めてで、その大きさに驚いた。エスカレーターで降りたバスターミナルは広くて、きれいなビルが建ち並んでいた。［学都、楽都、岳都］というきれいな標識もあった。駅前交番で筑摩というところへの行きかたをきいた。そこは中林（なかばやし）橋を渡ったところだ、と警官は教えてから、『どこからきたのか』ときかれた。『東京からだ』と答えると、それを疑うように首をかしげた。金武の言葉には鹿児島の訛（なまり）があるからだった。『松本へは初めてか』ときかれたので、『二度目だが、列車できたのは初めてだ』と答えた。

警官は帽子をかぶり直すとバスの乗り場と、薄川を渡ったあたりだと簡単な地図を描いてくれた。『そこに知り合いでもいるのか』ときかれたので、『郷里の友人が住んでいる』と答えた。

警官に教えられたとおりにバスに乗った。バスが走り出したとき雪がちらつきはじめた。松本は寒い土地であるのを実感し、薄いコートの襟を立てた。

警官が描いてくれた地図どおりのバス停を降りた。雪の降りかたが激しくなった。何か所かできいて若葉の住所の地番に着いた。そこは壁を青く塗ったアパートだった。横に降る雪が壁の色を消そうとしていた。アパートには部屋が八つあることが分かったが、若葉の部屋がどれなのかは分からなかった。

端の部屋のドアをノックしたが応答がなかった。二番目、三番目とノックし、四番目の部屋をノックすると女性の声がして、ドアから髪をくしゃくしゃにした女性が顔を出した。その人に野山若葉の部屋はどこかときくと、

『頭の雪を払いなさいよ』

といわれた。両肩にも雪が降りかかっていたのだった。

『野山さんて、去年まで二階に住んでいた人じゃないかしら』

金武は、若葉は比較的大柄だといった。

『そうね、わりに背が高くて、胸が厚い人でした。夫婦だったんでしょうけど、平日の朝は男の人が運転する車に乗って出掛けていました。二人ともお勤めだったんでしょうね。……あなたは女性のほうの知り合いなんですね』

金武がそうだというと、彼女は口元をゆがめて笑った。どこへ引っ越したのか大家が知っていると思うといって、アパートの家主の家を教えられた。

若葉は男性と一緒に暮らしていた。結婚したのだろうか。それなら金武の姉にそれを知らせそうなものだが、姉とは消息を伝え合ってはいないようだった。

金武はアパートの家主宅を訪ねようかどうしようかを、雪のなかで迷ったが、訪ねることにした。

そこは家具製造の木工所だった。鋸で木材を挽く音と物を叩く音がしていた。

『アパートのことは、家内にきいてくれ』と不精髭の男にいわれたので、母屋の玄関へまわった。

玄関ドアを開けた中年の主婦は、『まあ雪をかぶって』といって、タオルで頭や肩の雪を払って玄関のなかへ入れてくれた。

金武は、野山若葉を訪ねてきたのだが、転居したとアパートの人からきいたので、新しい住所を知りたいと話した。

彼をじっと見ていた主婦は、

『あなた鹿児島からきたのでは……』

と、目を見張った。

『東京で働いていましたが、鹿児島出身です』

『そうでしょう。野山さんの口からときどき出る訛がそっくりですので』

主婦は、若葉の転居先を知っているようだったが、『教えていいかどうか』とつぶやくと、電話を掛けた。『あなたのお名前は』主婦にきかれたので、金武はフルネームを答えた。

主婦は、『金武咲人さんという方が、訪ねてきているんですけど、新しい住所を……』といったが、二言三言いったところで、電話は若葉のほうから切れたようだ。

『野山さんは、あなたのお名前をわたしがいったら、悲鳴みたいな声を出しましたよ。あなたと野山さんは、どういう知り合いなんですの』

主婦の目がキツくなった。金武を、若葉を追いかけている男とみたにちがいない。

若葉はこの男から逃げるために住所を変えたのだろうと思ったようだ。

『鹿児島で、子どものころからの知り合いです。松本へきたので、会いたいと……』

彼の胸には、のぼってきた思いが詰まった。

『教えることはできません。帰ってください』

板の間に膝をついていた主婦は立ち上った。外を見るような目をすると、『傘を持っていないのね』といってビニール傘を差し出した。『返しにこなくていいからね』

金武は追い出された。怪しい男とみられたのだ。

金武は若葉が住んでいたアパートへもどり、さっき家主方を教えてくれた女性の部屋のドアをノックした。

『あら、新しい住所、分からなかったの』

彼女は、金武のビニール傘を目で指した。

『ストーカーとまちがえられたようです』

『大家さんは、引っ越し先を知っていたんですね』

『電話番号も知っていました。大家さんがぼくの名前を相手にいったら、悲鳴のような声を出したそうです。ぼくは松本へきたので、ここに住んでいる彼女に会おうと思っただけなんです』

『ショックを受けたのね。寒いから、なかへ入ったら』

彼女は玄関のなかへ金武を入れた。せまいたたきには黒い靴とつっかけがそろえてあった。

『野山さんていったわね。彼女は、あんたに会いたくないのよ。あんたのこと嫌いなんじゃなくて、いまの暮らしを知られたくないんじゃないのかしら。あんたは彼女に、無理矢理会わないほうがいいよ』

彼女は金武の顔だけでなく薄いコートの服装を見てから、

『以前に野山さんと、なにがあったの』

ときいた。目が光っていた。

金武は、若葉とは同郷だし、姉の友だちだし、以前はわが家へしょっちゅう遊びにきていた仲なのだと話した。

『大家さんが電話したら、野山さんすぐに電話に出たのね』

金武は大家の主婦の表情を思い出し、そうだったと答えた。

『わたしと同じで、夜働いているんじゃないかしら。いまいくつなの野山さんは』

二十七か二十八のはずだと金武がいうと、

『わたしと同じぐらいね』

彼女は腕組みすると、片方の手を顎(あご)にあてた。これからどうするの、とでもいっているようだった。

金武の肩にのっていた雪が解けたのか、床に滴が落ちた。

第二章　鬼日

1

船田慎士が殺されて十日がすぎた。彼と仕事の上で関係があったうちの三人が、防犯カメラに映っている黒い服装の人物に似ていることから、事件当夜のアリバイと日ごろの素行を調べたが、事件には関係がないことが分かり、捜査は行きづまりの様相をみせていた。

六月三十日の午前一時十七分、松本市大手の正善寺(しょうぜんじ)の入口近くで、女性が倒れているという一一〇番通報があった。通報した人は、『女性が倒れている』とその場所を告げただけで電話を切ってしまったので、松本署の通信指令室担当者は念のために一一九番へ連絡した。連絡を受けた場所へパトカーも向かったのは勿論(もちろん)である。

パトカーと救急車はほぼ同時に正善寺の石柱の前へ到着した。石柱の下に薄い色のワンピースの女性が俯せになり、裾がめくれ上がっていた。白いバッグが頭の近くに落ちていた。救急隊員がその女性を抱き起こした。腹から血を流していた。隊員は瞬間的に腹部を刃物で刺されたものと判断した。近くに凶器がなかったからだ。救急車に運び込んでから名前をきいた。が、怪我人はなにも答えず、病院へは七分で到着したが、息を引き取っていた。

死亡した女性は飲酒していた。通報を受けた時間帯から推して、飲食店勤務の人ではないかと推測された。

白いバッグのなかにはなにも入っていなかった。辺りにライトを這わせると、コンパクト、口紅、リップクリーム、ポケットティッシュ、目薬が散らばっていたので、それらを撮影したあと拾い集めた。女性はどうやら物盗り目的の犯人に襲われたようである。

女性は推定二十七、八歳。身長一六三センチ。体重五二キロ。

女性は殺されたものと断定した松本署は、新たに捜査本部設置の準備に取りかかった。

道原は署からの電話で、女性が殺された事件の発生を知らされ、いつもより一時間早く出勤した。

けさは事件現場捜索が行われ、被害女性の物と思われるベージュの財布とハンカチを拾った。財布は空だった。身元の分かる物が一点も見つかっていないのは、たとえば身分証明書か保険証のような物を、犯人が持ち去ったからではないか。

捜査会議が開かれ、女性遺体の状態と現場のもようが説明された。

現場付近の防犯カメラの映像も検討されたが、女性が襲われた現場は映っていなかった。

道原は被害女性の写真に手を合わせてから、顔立ちを目に焼きつけた。薄く染めた髪は肩にかかる長さでいくぶん内側にカールしている。肌は白いほうだろう。左の額の生えぎわに近いところに長さ一センチほどの三日月形の傷跡がある。何年も前に負った怪我の跡のようだ。

午前十時に記者発表が行われて、被害女性の年齢の見当と体格や服装などが説明されたので、昼のテレビもラジオも殺人事件を放送した。しかし最近は女性が一人殺されたくらいではだれも驚かないのか、事件に対しての関心が薄いのか、被害者は知っている女性ではないかという通報をよせた人はいなかった。

一刻も早く身元が判明することを希(ねが)っている捜査本部へ、こういう電話があった。

秋田県の女性からだったが、『一昨年の五月、嫁入りしたばかりの娘が、車で買い物に出たきり帰ってこなくなりました。娘は二十二歳でした。嫁入りした先は町工場ですので人手が欲しかったようです。その工場では娘に機械の使いかたを教えて、くる日もくる日も小さいネジをつくらせていました。娘は一言も愚痴をこぼさず働いていましたけど、ほんとうは手が汚れて、着ている物が油臭くなるのが嫌だったんです。買い物に出て、駅前を通ったとき、急に電車に乗って遠いところへいきたくなったんだと思います。娘は車を駅前へ置いて行方不明になりました。……お昼のテレビニュースを観ていたら、夜中にお寺の前で殺されていた女の人が見つかったということでした。その女の人は身元が分からないというけれど、なんとなく嫁入り先からいなくなった娘に似ているような気がしたので……』

と、娘の実母だという女性がいった。

電話に応じた係官は、行方不明の娘さんの体格をきいた。

すると身長は一五五センチぐらいで、丸顔で太り気味だといった。額に古い傷跡がありますかときくと、『中学のとき稲刈りをしていて鎌で左手中指を切った。その傷跡ははっきり残っている。血液型はB型だ』といった。

『お問い合わせの方と、昨夜の被害者は別人です。似ているところがありませんので』といい、『娘さんが無事もどってこられるといいですね』といって電話を切った。

午後六時三十分、大友織恵と名乗る女性からの電話が捜査本部へまわってきた。

『六時に会う約束をしていた女性が約束したところへこないし、電話が通じません。なんとなく胸騒ぎがするものですので』

といった。

『約束の場所へこない女性の名は』

係官が冷静な声できいた。

『三池かなえさんです』

『三池かなえさんの年齢と身体的特徴をおっしゃってください』

『色白で、やや面長です。身長は一六二、三センチはありそうで、中肉といったところです。あ、二十七歳だといっていますが、正確な歳は知りません』

『額の左に古い傷跡がありますか』

『あります。三日月形です。高校生のとき交通事故に遭ったときの跡だそうです』

係官は、三池かなえの住所と電話番号をきいたし、通報者大友織恵の電話番号もきいた。

『三池さんは最近住所を変わったようでした。清水っていうところに住んでいたようですけど、電話が通ればどこにいてもいいので、正確な住所は知りません』

係官はそこでいったん電話を切った。

たったいま大友織恵からきいた三池かなえという女性と殺害された女性は同一人の可能性がある。特徴に似た部分があるからだ。

殺害された女性は、深夜に裏町通り付近を歩いていたらしい。飲酒していたところから、近くのバーかスナックで働いていたことも考えられる。

もしかしたら被害女性は野山若葉という女性ではないかと道原がいうと、吉村とシマコは顔を見合わせた。

鹿児島から出てきた金武咲人は、同郷の知己の野山若葉の住所をさがしていた。若葉は金武がさがしあてくるのを予期していたのか、まるで彼から逃げるように住所を移っている。

「金武は、若葉の勤め先でもつかんだんじゃないでしょうか」

道原が、「考えられる」といったところへ、被害女性に関する新たな情報が入った。午後八時である。裏町で「ピンクベル」というスナックを経営している女性から電話通報があった。

「かなえというホステスが出勤しないので、電話したところ電源が切られています。テレビのニュースで事件を知りましたけど、刺されたという女の人が、なんとなくかなえに似ているような気がしたものですから」

電話を道原が替わった。かなえの特徴をきいたところ体格などが被害女性とほぼ合っていた。

道原は吉村とともに裏町のスナック・ピンクベルを訪ねた。すぐにママが出てきた。店には客がいるので外へ呼び出した。四十半ばに見えるママは小柄で髪を茶色に染めていた。ママを街灯の下へ誘うと吉村が写真を出し、それにライトをあてた。

「ひゃっ」ママは手で口をおさえ、一歩退いた。死人の写真を見せられたからだし、それはホステスのかなえだったからだ。彼女は寒さをこらえるかのように両手をさかんにすり合わせた。

「かなえさんはゆうべは何時まで店にいましたか」

道原がママの表情を観察しながらきいた。

「午前一時近くまでいました。かなえは昼間の勤めがあるので、十一時四十五分に帰ることになっていましたが、ゆうべは彼女を気に入っているお客さんが十一時すぎにきたので、定時に帰れなくなりました。かなえは帰りたくてしょうがなかったでしょうけど、お客さんにねばられて、しかたなく付合っていたんです」

「その客は、何時ごろまで店にいましたか」

「一時近くまでです。酔っていたので、時間の感覚がなくなっていたようです。うちも一時には店を閉めることにしているので、お客さんの肩を叩く日がありました」

「そういうとき、客にはなんていうんですか」

「『そろそろ店を閉めさせて』とか、女のコの名をいって、『そろそろ帰してあげて』といいます。たまに、タクシーを呼ぶこともあります」

「ゆうべの客は、かなえさんよりも先に帰りましたか」

「はい。一足先に」

「何分ぐらい前に……」

「十分か十五分前でした」

無理矢理店を出ていってもらったのではないか、ときくとママは下を向いて、そうだといった。

午前一時近くまでねばっていた客の名をきいた。

「刑事さん、そのお客さんにお会いになるんですか」

ママは、恨むような目を道原に向けた。

「会います。事件を目撃しているかもしれないので」

「事件を見たのに、黙っている人がいるんですか」

「いますよ。かかわりあいたくないとか、警察を嫌いな人もいますから」

昨夜、ピンクベルに最後までいた客は谷川巌という男で、四十歳ぐらい。会社員らしいが勤務先は知らない、とママは答えた。

「住所は……」

「浅間温泉だときいたことがありますけど、詳しくは知りません」

「谷川という客は、かなえさんが好きだったんですね」

「他所で飲んでおいでになったので、酔っていました。ボックス席にすわると、なかなかお帰りにならないので、かなえももう一人のコもカウンターを出なかったんです。谷川さんは仕方なさそうにカウンターにとまりました。そうするとすぐにかなえの手をにぎって、はなしませんでした」

そういう客はどこの店にもいるらしい。店を閉める直前にあらわれて、気に入っているホステスとどこかへいこうと誘うのだ。そういう客を店では「最低」と呼んでいる。

谷川という男はタクシーを呼ばなかった。店を出てからタクシーを拾うつもりだったのか、べつの店で飲むつもりだったのかもしれない。

一一〇番通報があったのが午前一時十七分。三池かなえは何者かに刺されてから何分か経っていたことが考えられる。

2

六月三十日の午後六時に三池かなえと会う約束をしていたのに、かなえはあらわれないし電話も通じないという通報をしてきた大友織恵に、松本市役所近くのカフェで会った。

三十三歳の織恵は夫が経営しているレストランに従事していると職業をいった。三池かなえとはどういう知り合いだったのかを、道原はコーヒーを頼んでからきいた。

「わたしと同じで鹿児島出身だったからです。……独身のころのわたしは登山が好きで、毎年、長野県や山梨県の山に登っていました。夫の大友とは登山の途中、中房温泉で知り合ったのでした。……かなえさんとの縁は、うちの店へお食事にお見えになるお客さまが、『うちの店には鹿児島出身のコがいるよ』とおっしゃったのがはじまりでした。その人は裏町でスナックをやっているんです。その人にわたしが鹿児島出身の人を連れてきてといったら、何日か後に背のすらりとした人を連れていらっしゃいました。その人が三池かなえさんで、それ以来何度も会っていたので、すっかり仲よしになったので、わたしはかなえって呼び捨てにしていました」

「三池かなえさんを紹介したのは、ピンクベルのママでは」

「そうです。内村仁那子さんです。ご存じだったんですか」

「内村さんにはゆうべ会いました。ホステスのかなえさんが出勤しないという電話を受けたからです。彼女には、ご遺体を見てもらい、三池かなえさんだと確認しました」

織恵は唇を嚙むとバッグからハンカチを取り出し、しばらく目にあてていた。

かなえは明らかに殺されたのだ。犯人の目的は物盗りか、それとも彼女を生かしておけないという強い殺意があったのか。道原がそれをいうと、織恵は首を横に振り、

「かなえさんは気のやさしい人でした。殺されるほど恨まれるような女性ではありません」

彼女は、涙をためた目で抗議するようにいった。

知り合いの者に恨みを持たれて殺されたのでなければ、痴漢の犯行ということにも

なりそうだ。

「かなえさんは独り暮らしでしたか、それとも男性と一緒でしたか」

「お付合いしている人がいるとはいっていましたけど、一緒に住んではいないようでした。かなえは男性のことをほとんど話しませんでした。話したくないようだったのでわたしはきかないことにしていました」

織恵の声は小さくなった。

「かなえさんとはどんな話をしましたか」

「山の話ばかりでした。去年の五月に高い山を見たいとかなえがいったので、二人で上高地へいきました。穂高はまだ雪で真っ白でした。河童橋の上から眺めたのですが、かなえは身震いしていました。……夏になったら山へ登ろうとわたしが誘うと、彼女は、『わたしには無理』と尻込みしました。浅間温泉や安曇野から北アルプスの山々を、二人で何度か眺めました。鹿児島には北アルプスのような山はありませんので、四季にわたって眺めるたびに、二人は声を上げたものです」

織恵はかなえの住まいへいったことはないという。かなえは自分の住まいを、『せまいところ』といったことがあったという。

かなえは昼間も勤めているところがあった。そこを織恵にもピンクベルのママにも、

『洋品店』といっただけで、所在地は分からなかった。

道原と吉村は、市内清水のかなえが住んでいたアパートを見にいった。裏町通りへは約一キロの距離だった。駐車場を囲むようにアパートが四棟建っていて、彼女が住んでいた第二女鳥羽荘はもっとも部屋数が多そうだ。

「なにか分かりましたか」

道原たちを刑事と見た新聞記者が駆け寄ってきた。ホステス殺人事件として派手な見出し記事が書けそうなのだろう。

「いまきたばかりだ」

道原は顔の前で手を振った。

アパートの家主は小規模の運送業だった。

運送店の主人は刑事を見ると迷惑そうな顔をして、アパートの管理は妻任せにしているといった。

五十代と思われる主人の妻の髪には白いものがまざっていた。彼女は二人の刑事を玄関へ招いたが、目を丸くしたり眉間(みけん)に皺(しわ)を立てたりした。

彼女は三池かなえのことを、「おとなしそうでしたし、とても感じのいい方でした」といった。主婦はかなえが水商売勤めをしていたのを知っていた。

「三池さんがアパートに入居したのは四年前です。真面目そうだし、大名町通りの洋品店に勤めているといったので、入居してもらうことにしました。水商売の人は入れないことにしていたんです」

主婦によると、入居一年後ぐらいにかなえは深夜に帰宅しているのを知った。水商売勤めをしているのだと分かったが、主婦はなにもいわなかった。入居二年ほど経ったころ、かなえの部屋から男性が出てくるのを目にした。

「顔を見れば分かりますか」

顔立ちを憶えているかときいたのだ。

「さあ……」

自信がなさそうだった。その男と主婦は真正面から顔を合わせたことがないのだろう。太ってもいないし、痩せてもいなかったと、首をかしげながら答えた。

まずこの男を割り出す必要があった。

道原と吉村が、アパートの家主である主婦から聞き込みしている最中に、鑑識班が到着した。班長は三池かなえが住んでいた部屋の家宅捜索を家主の主婦に断わった。

家宅捜索で押収した物は男性用の肌着類。それのサイズはMだという。

「大柄の男ではないでしょう。それと男の肌着は三点しかありません」

班長はそういって首をかしげた。

アウトウェアーが一着もないというのだ。

「男は、彼女と同居していたのでなく、たまに訪れていたんじゃないでしょうか」

吉村の見方だ。

「男の氏名や勤務先が分かる物はないんだね」

道原は鑑識班長に念を押した。

「男性の名刺を二十一枚押収しました。そのなかに、あるいは」

名刺は、かなえが店で受け取ったものではないか。二十一枚とも会社員と思われるという。

3

三池かなえの部屋を捜索した結果二十一枚の男性の名刺を押収した。そのなかに、船田慎士のがあった。船田はたびたびスナックのテフラと福やへ飲みにいっていたのだが、ピンクベルへもいっていたのか。だれかに連れられていったのかもしれなかった。

谷川巌の名刺もあった。彼はかなえに惚れていたらしい。船田と谷川をのぞく十九人の六月三十日深夜のアリバイをあたった。そのなかに一人だけ、「その日は夜中まで仕事をしていました」という会社員がいた。

その男は信州まつもと空港の東の西南工業団地内のトヤマ機械の技術部員で三十一歳。「工作機械が故障したので、次の日のために修理したり試運転をしていました。その作業が終ったのが午前零時すぎ。自分の車で惣社の自宅へ向かいましたが、裏町通りを横切るとき、急に一杯飲りたくなって、車を駐車場に入れました」

電話の問い合わせにそう答えた中村修治という男に道原たちは会いにいった。

中村は四角張ったメガネを掛けていた。小太りである。

彼が飲みに入った店は「さざんか」といって、裏町でも事件現場の正善寺山門に近かった。何度もいったことのあるスナックだという。

「客がいましたか」

道原がきいた。

「いませんでした」

「店の人は」

「ママがいただけです。そろそろ閉めようかと思っていたといっていました」

「あなたは、その店に何時まで」

「三十分ぐらいいましたので、一時を少しすぎていたと思います」

「そのころ正善寺の山門前では事件が起きていましたが、異変に気づきませんでしたか」

「パトカーや救急車のサイレンをきいた憶えがありますが、珍しいことではないので、私は正善寺とは反対の北のほうへ歩いていって、タクシーを拾いました」

事件が起きていたなど想像もしなかったという。

かなえに好意を抱いていたという谷川巌が、外出から会社へもどったことが分かったので、花房重機という建設機械の販売会社へ会いにいった。

応接室へ入ってきた谷川の額は汗で光っていた。外は汗をかくほど暑くはない。彼の額に光っているのは冷や汗ではないのか。

裏町の一角のスナックに好きになったホステスがいた。それを知られただけでも恥ずかしいのではないか。

そのホステスが殺された。事件のあった夜、彼はそのスナックへいっていた。それが知られたので刑事が会いにきた。二人の刑事に見つめられて谷川は、震えるのをこらえていた。

「事件があった夜、あなたはピンクベルを、三池かなえさんより先に出ましたね」

道原が低い声できいた。

「はい」

谷川の返事の声は小さかった。

「ピンクベルを出たあと、近くの店へ入りましたか」

「いいえ。タクシーに乗って帰りました」

「タクシー会社とドライバーの名を憶えていますか」

「アルペンタクシーですが、運転手さんの名前までは……」

谷川はズボンのポケットからハンカチを取り出し、それをにぎったまま額を拭(ぬぐ)った。

「あなたが店を出れば、かなえさんは五分か十分で店を出てくるのが分かっていた。それでピンクベルの近くで、彼女が出てくるのを待っていたんじゃないですか」

「いいえ。私は、すぐにタクシーに乗りました」

「自宅は、浅間温泉ですね」

自宅まで知られていたのかと思ってか、谷川はぶるっと身震いした。

「ピンクベルを出てくるかなえさんを、物陰に隠れて張り込んでいた者がいるんです。

彼女は歩いて帰るつもりか、南のほうへ向かった」

そこで道原は言葉を切って谷川を観察した。

谷川は気が弱いのか、肩を縮めて俯いていた。かなえを襲った犯人はナイフを用意していた。目の前の男にそんな狂気があったろうかと、道原は冷めた目で谷川をにらんでいた。

道原の頭にふと、金武咲人の姿が浮かんだ。比較的小柄な金武は何か月も散髪をしていないらしく、長い髪をして、薄汚れした服装をしていた。若いのに潑剌としたところがなく、背を丸くしている男だ。

彼は同じ鹿児島市出身の野山若葉に会いたがっている。彼女は松本市内の以前住んでいたところから転居した。

彼女は男性と暮らしているらしい。二十七、八歳なのだからそれは珍しいことではないと思われるが、金武にはそれを知られたくないのだろう。

彼女の前住所の家主の電話に若葉はすぐに応じた。日中、すぐに電話に応じたことから、彼女は夜の仕事をしているのではと金武は勘付いた。水商売勤めをしているのだとしたらそれは裏町だろうと見当をつけ、裏町のビルの防水工事作業をしながら、道路を歩く人を観察していた。彼には遠方からでも若葉が分かるのではないか。後ろ姿でも、薄暗がりでも見分けられるのではないか。

金武は、若葉が裏町の飲み屋に勤めていることを確かめた。深夜のビルの屋上から勤めを終えて帰る若葉を張り込んでいたのではないか。彼の脳裡に焼き付いている若葉は二十一、二歳である。その姿を金武は追い求めていたのではないか。

六月三十日の深夜、五階建てのビルの屋上から真下の道路を歩く人をじっと見下ろしていた。と、薄い色の服を着た女性が独りで南のほうへ歩いていくのが見えた。金武の目にその女性は野山若葉だと映った。ビルを駆け降りると女性の背中を追った。まちがいなく若葉だと思った。彼は呼びとめた。彼女は振り向かず走り出した――

「正善寺の山門前で、女性は正面から腹を刃物で刺されています。薄暗がりですが、顔立ちぐらいは分かります」

若葉だと思い込んだ金武が、三池かなえを刺したのではないかという道原の想像に、吉村は首をかしげた。

「金武の目の裡(うち)に焼き付いている若葉は、二十一、二歳ですよ。後ろ姿が似ていたとしても、彼女が振り向いたとき、別人だったと分かったはずです。……道原さんは思い込みの激しいほうですか」

道原は、ぷいっと横を向いた。

「三池かなえは、人ちがいで殺されたんじゃないとなると、彼女を生かしておけないほど恨んでいたヤツがいるっていうことだな」

犯人はナイフを用意していた。初めから殺すつもりだったとみるべきだろう。

かなえをときどき訪れていた男をさがし出せ、と捜査本部長となった署長が檄を飛ばしたところへ、痩せた蒼い顔の男が署を訪れた。三池かなえの兄の三池誠だった。紺のスーツには皺が寄っていた。それが彼の疲労だった。かなえは五年前に松本で暮らしたいといって家を出ていったと兄は目をうるませて語った。

彼は鹿児島から飛行機で羽田へ着き、列車で松本へきたのだった。

朝から汗が吹き出しそうなほど暑くなった七月三日。捜査本部にとって有力な情報が入った。

かなえが住んでいたアパートとはすじ向かいになるアパートの秋元という持ち主からである。

「半年ばかり前のことですが、福寿荘の横へ車をとめておく人がいました」

「福寿荘は秋元さんが所有なさっているアパートですね」

電話にはシマコが応じた。

「そう。うちの所有です。あそこにはアパートが四棟建っていますが、福寿荘はいちばん古いアパートで、古いので家賃も少し安いです」

「福寿荘の横へ車をとめておく人は、断わりなしだったんですか」

「無断なんです。福寿荘と蝶見寮（ちょうみりょう）のあいだには幅三・五メートルの路地があります。そこへ乗用車を突っ込んでおく者がいるので、警察へ電話して、注意してもらうことにしたんです。二、三日するとお巡りさんがきてくれましたが、そのときは車はありませんでした。男が乗っていったんです。お巡りさんに、今度車を見掛けたら写真を撮っておくといっていわれたので、何日か後にその車を見たので撮っておきました」

「その車の持ち主は、どのアパートのどの部屋に住んでいましたか」

秋元は、それが分からないといい、住んでいる者の車ではなく、アパートに住んでいる人を訪ねているのではないかといった。

捜査員は秋元を自宅に訪ね、彼が撮った車の写真を借りた。

秋元がいうには、車がとまっているのは毎日ではないらしく、昼間はないという。四棟のアパートのどこかの部屋の住人を訪ねてくる者の車にちがいないという秋元の観測はあたっていそうだ。

秋元から借りていた四点の写真を道原たちは手に取った。

車体の色がシルバーグレーのマークXだ。諏訪ナンバーである。

「一、二年前に発売された車です」

シマコがいった。

第二女鳥羽荘の家主方の主婦の記憶と合っていた。

車の所有者照会をした。回答を待っていた道原たちは、あっといって顔を見合わせた。

「同じナンバーの車が二台ある」というのだ。手ちがいから同じナンバーのプレートがつくられたり、発行されたことは考えられないので、二台のうちの一台は偽造にちがいないとにらんだ。

同じナンバープレートを付けた車の所有者は二人いることになるので、諏訪市に住む藤森恒一（ふじもりこういち）という人に電話した。その人はすぐに応答した。職業をきくと名を知られた酒造所の経営者だった。

「同じナンバーの車が二台あって、その一台があなたの車です」

道原がいうと、藤森は驚いたようだが、

「廃車にするさいナンバープレートをはずして、同じナンバーがあることを世間に知らせる。コレクションとしては面白いですね」

と、冗談をいい、もう一台の車の所有者はどこの人かときいた。

道原はこれから調べるところだといって電話を切った。

もう一台の同じナンバーの車の所有者は峰という名字で住所は松本市開智だったが、居住者に該当がなかった。

「写真をよく見ると、車種の一字と一連番号の一字が少しゆがんでいます」

吉村がのぞいていたルーペから目をはなした。

「盗難車にちがいない」

道原は、盗んだ車のナンバーの一部を描き替えたにちがいないと読んだ。

車の盗難届けを出している人のなかからマークXの所有者を抜き出して、ナンバーを照会した。やはり二か所の数字がちがっていた。車は一昨年の六月、松本浅間カントリークラブの駐車場から盗まれたといった。ナンバーを偽造して乗っている者がいるというと、所有していた人は、「悪質ですね」といった。

三池かなえは盗難車に乗っているような男と付合っていた。かなえは第二女鳥羽荘に住んでいるのに、彼女を訪ねる男ははす向かいの福寿荘と蝶見寮のあいだの路地に車をとめていた。車を人目にさらしたくなかったからだろう。

松本署の捜査本部は、氏名不詳の男を、殺人と車両窃盗の容疑で指名手配した。三池かなえを殺害したのは、彼女の住所へたびたびきていた男ではないのか。彼女が暮らしていたアパートには二十四時間、警官が張り込んでいる。彼女が事件に遭ったことを知らなければ、その男は訪れるのではないか。ぴたりとこなくなったのだとしたら、その男は怪しい。

4

五十六歳の船田慎士と二十七歳の三池かなえは、ともに裏町で殺害された。二人の出会いは裏町のスナック・ピンクベルではなかったか。船田はピンクベルへ通いつめるという客ではなかったようだ。

ピンクベルのママに船田を憶えているかときいたところ、「憶えてはいますけど、特別印象に残るような方ではありませんでした。おいでになるのは年に五、六回だと思いますし、そのたびにお連れさんがいらっしゃいました」

と答えた。

無視できないのは、船田もかなえも鹿児島出身ということだ。二人は年齢もちがうし、松本に住むようになった年数もちがう。

捜査資料に目を通していた刑事課長の宮坂(みやさか)が、メガネを鼻に落として道原を手招きした。

「今回の事件関係者のなかに、出身地が鹿児島の人が何人もいるが、これは偶然だろうか。信州と鹿児島は遠い。そのせいで県内には鹿児島出身者は比較的少ないと思う。伝さんには鹿児島出身の人の知り合いはいるかね」

「一人います。山が好きで信州大学を出た関係で、こっちの企業に就職しています」

「私の知り合いには一人もいない。……殺された船田慎士と三池かなえは鹿児島市出身。参考人として呼んで取調べた金武咲人。彼が松本市内で居所をさがしているらしい野山若葉も同郷だ」

道原はそのとおりだといった。金武は、船田とかなえの事件に関係があるのかないのかまだ明白にはなっていない。

課長と話し合ってもう一度、金武咲人を署へ呼ぶことにした。

金武はきょうも裏町通りを見下ろす五階建てビルの屋上で防水工事の作業に就いていた。白いヘルメットをかぶっているが、それは年数を経ているものらしくて、北上工務店の文字が消えそうになっている。グレーの作業衣にも黒や青の斑点が飛んでいたし、襟には汗がにじんでいる。

五十代の班長に、金武を署へ連れていくことを断わると、

「この前にも連れていかれましたが、金武はいったいなにを疑われているんですか」

と、帽子に手をやりながら、不快な顔をした。

「同郷の人が事件に遭いましたので、知り合いではなかったかとみているんです」

道原は頭を下げて断わった。

ビルを階段で降りると、金武は手を洗うといってビルの裏へまわった。そこには手動ポンプの井戸があった。手を洗った彼はアルミのカップに注いだ水をうまそうに飲んだ。松本市内にはあちこちに井戸があって、街を歩く人はこれを利用している。

署の取調室に入ると、シマコがお茶を出した。警察が出すお茶にはなにか仕掛けでもあるのではと思うのか、金武は湯呑みのなかをじっと見てから、湯気の立つお茶に口をつけた。

この前、署へ呼んでから十日近くが経っている。

「少し痩せたんじゃないのか」

道原がいうと、ここ何日か食欲がないので不規則な食事をしている。痩せて見えるのもそのせいだろうといった。

「私を連れてきたのは、どうしてですか。汚ない格好をしているし、暮らしに困っていそうだからですか」

金武は真っ直ぐ前を向いていった。

「三池かなえという女性を知っていたか」

道原は前置きせずにきいた。

「知りません」

「鹿児島出身の人で、二十七歳。裏町のスナックに勤めていた」

「ああ、新聞で読みました。スタイルのいいきれいな人だったそうですね」

「新聞を取っているのか」

「一緒に作業している人が読み捨てたスポーツ新聞です」

「正面からナイフで腹を一突きされている。これからという年齢なのに、気の毒だ」

「犯人は分かったんですか」

「分からないから、あんたにもきてもらったんだ」

「知らない人のことを、なぜ私に……」

「同郷だったからだ」

「同郷……。鹿児島出身者はそう多くはないでしょうけど、松本市内に何人かは……」

「あんたはゆうべどこにいた」

「八時半ごろ帰って、十一時までテレビでボクシングを観ていました」

「それを証明してくれる人は」

「私は独りです。あ、思い出しました。十時半ごろにおばあちゃんに電話しました」

金武はポケットから紺色のケータイを取り出し、記録を確認してくれというしぐさをした。おばあちゃんは鹿児島市に住んでいる母の実母のことだ。

「ボクシングの中継を観ていたのに、おばあちゃんのことを思い出したのか」

「日本人のボクサーが外国人に負けたからです。負けたときのシーンを何回も繰り返していました」

「おばあちゃんは、元気そうだったの」

「耳が遠いので、大きい声で話します。ゆうべは、甘く煮たイカを食べたいっていっていました。伸しイカのことです。おばあちゃんの話は、いつも食い物。……夜中に伸しイカを想像したら、たまらなく食べたくなりました」

金武は残っていたお茶を飲み干した。

道原は腕組みして金武を見ていた。嘘やつくりごとをしているようには見えなかった。

「野山若葉さんの住所を突きとめたのか」

金武は急に表情を変えた。記録を録っているシマコのほうを向くと彼女をにらみつけた。

金武は道原の質問に首を振った。若葉はなぜ自分の訪問を拒んだのか分からないにちがいない。

若葉のほうは成長した金武を思い出すことはなかったのか。いつの間にか、彼の寝床にもぐり込んだ夜を忘れてしまったのではないか。まさか彼が追いかけて東京へ、そして松本までくることなど毛先ほども思ったことはなかったのでは。そこへ突然、『金武咲人さんという人が訪ねてきていますが、そちらの住所を教えていいですか』という前住所の家主からの問い合わせがあったので、飛び上がるほど驚いたのだ。

道原は、金武の訪問を知った若葉が悲鳴を上げるほど驚いた点に疑いを持った。金武が大人になっていることぐらい想像できていたはずだ。郷里の仲よしだったのだから会ってもよかったのではないか。お茶を飲む程度ならなんのさしさわりもなかったのではないか。なぜ彼と会うのを彼女は拒んだのか。殺人事件の捜査とは無関係だと思ったが、道原は若葉に会ってみることにした。

金武を作業現場である裏町のビルへ返すことにした。

金武は怒ったような顔をして椅子を立つと、

「刑事さん。もう一度ききます。事件が起きるたびに私を連れにきますが、それはなぜですか。毎日、汚れた作業服を着ている男だからですか」

と、道原に真っ直ぐ顔を向けた。

「服装なんか関係ない。事件の被害者があんたと同じ鹿児島だったからだ。二人の被害者と知り合いではなかったか、または事件の原因と考えられることが、鹿児島にあるんじゃないかって考えたからだ。……あんたはほんとうに、船田慎士さんも三池かなえさんも知らなかったんだね」

「知りません」

「あんたは松本で、鹿児島出身の人と知り合ったか」

金武は、首を横に振った。

松本へきてから、ほんとうに野山若葉には会っていないのかと念を押した。

「東京でも……」

会っていない、というところを彼は唾(つば)と一緒に呑み込んだ。

吉村とシマコが灰色の乗用車に金武咲人を乗せたのを、道原は二階の窓から見下ろしていた。金武は、一礼してから助手席に乗った。シャツの裾の端がズボンからはみ出ていた。

金武には友だちはいないようだ。仕事を終えると安い食堂で夕食を摂るか、コンビニで買ったにぎり飯を、公園のベンチに腰掛けて摂ったり、川の土手にすわって食べているという。

そういう金武を、二件の殺人事件とは無関係として完全に手を引かない理由が道原にはあるのだった。

なぜかというと金武は松本市内での作業がすむと、すぐに安曇野市三郷小倉のアパートへ帰るのではなかった。毎日ではなかろうが裏町通りあたりをぶらついているらしいのだ。飲み屋へ入るのではない。物陰にそっと隠れるようにひそんだり、ぶらぶらと歩いているようだ。

その目的は、野山若葉に会うためではないか。どうやら彼女は夜の水商売勤めをしているらしい。金武はそれを耳に入れているので、彼女の勤め先は裏町ではないかと見当をつけ、彼女の歩いたあとのほのかな香りを追うように、歩いては立ちどまりしているのではないか。

5

道原と吉村は、市内清水のアパートへ野山若葉に会いにいった。市内筑摩の前住所の家主から転居先をきいたのである。警察官はこういうことが可能だが、一般人の金武はきき出すことができなかったのだ。

若葉には金武から逃げなくてはならない事情でもあるのだろうか。だから彼女は出生地の鹿児島市から東京へ移り、そしてまた長野県の松本市へと移住した。松本までは金武は追ってこないだろうと読んだからか。

だがある日、前住所である筑摩の家主から電話で、『金武咲人さんという人が訪ねておいでになっています。ぜひお会いしたいということですが、いまのところを教えてあげていいですか』といわれた。訪ねてきたのが金武咲人だときいた彼女は、思わず悲鳴のような声を上げた。世の中でいちばん会いたくない人だったからではないか。裏返せば、金武咲人から逃げるために住所を転々としていたのでは。

それとも金武に重大な秘密でもにぎられているのだろうか。

アパートの壁は白くて新しく見えた。一階の集合ポストを数えて十二室あることが分かったが、［野山］の表札は見あたらなかった。若葉の部屋は二階の東側から二番目だと分かったので、そこのインターホンに呼び掛け、ドアをノックした。

隣室の茶髪の女性がドアから顔をのぞかせ、「その部屋の方は引っ越しましたよ」といった。

「引っ越した」

道原と吉村は顔を見合わせた。

「野山という女性でしたか」

吉村が茶髪にきいた。

「そんな名字でした。入居したとき挨拶にきたので憶えています」

「入居して半年ぐらいしか経っていなかったと思いますが」

「そんなものです」

「いつですか、引っ越したのは」

「きのうです。夕方、わたしが仕事に出掛けるとき、車になにかを運んでいるようでした」

「あなたは野山さんに声を掛けましたか」

「いいえ。女性の姿は見えませんでした」

「というと、荷物を車に積んでいたのは男性だったんですね」

「ええ。背の高い人でした。何回か見掛けたことがあったので、憶えています」

「車はトラックでしたか」

「白っぽい乗用車です」

「野山さんは、背の高い男と暮らしていたんですね」

「そうだと思います。男の人を何回か見掛けましたので、二人で住んでいるんだなって思っていました」

男性の名は知らない、と茶髪は荒れた下唇を舐めた。

野山若葉は男性と二人暮らしだったが、男性だけが引っ越したのではないか。

「野山という女性の職業をご存じでしたか」

道原が一歩前へ出てきいた。

「勤め先は知りませんが、昼間も夜も勤めていたようです。あ、夜は毎日じゃなかったみたいです」

「夜の勤めというと、たとえば酒場のようなところ」

「そうだったと思います。わたしは夜、裏町のスナックに勤めていますけど、野山という人もたぶん同じだったんでしょう。昼間も働いているからでしょうが、わたしよりも早く帰ってきていたようです」

途切れ途切れの話をつなぎ合わせると、若葉と住んでいた男はきのうの夕方、乗用車に荷物を積んで出ていった。そのあと野山は不用品をゴミを集める場所へ運んでいた。それを見た茶髪は、『引っ越しするの』ときいた。すると彼女は、『急に引っ越さなくてはならなくなって』と、小さな声でいったという。

道原と吉村は、アパートの家主を訪ね、野山若葉は昨夕、引っ越したらしいが、ときいた。

髪を後ろで束ねた主婦が出てきて、

「どんな事情かは知りませんけど、急に郷里に帰らなくてはならなくなったのでといって、きのうのうちに出ていきました。勝手な想像ですが、郷里のどなたかが急に亡くなられたんじゃないでしょうか」

五十代と思われる主婦は胸で手を合わせた。

「野山さんの郷里は、どこですか」

「鹿児島だそうです」

「鹿児島市でしょうか」

「さあ、それは知りません。あとで落着き先を連絡するといって、出ていきました。

……わたしはけさになって、野山さんが住んでいた部屋を見にいきました。あわただしく引っ越したのに、部屋はきれいに掃除されていて、箒(ほうき)と塵取り(ちりと)が玄関に立てかけてありました」

野山若葉は、単身で住むといって入居した。

「二度ばかり背の高い男の人が野山さんの部屋を出ていくのを見掛けました。一緒に住んでいたのか、たまにきているのかは分かりませんでした」

道原は、男の服装はどんなだったかをきいた。

「長袖だったか半袖だったかは忘れましたけど、上着を腕に掛けていました。アパートの横は無料駐車場なので、そこにとめておいた乗用車に乗って出ていきました」

男の年齢は三十歳ぐらいではなかったか。その特徴をきくと、身長は一八〇センチ近く。内股(うちまた)でゆっくり歩くという。

野山若葉が急に住まいを引き払ったのはなぜなのか。金武咲人が訪ねてきそうだと感じたからか。金武は彼女の前住所の家主からなにか理由をつけて転居先をきき出したのではないかとみて、引っ越ししたということか。その先は郷里の鹿児島だったらしいといわれたので、道原たちは顔を見合わせた。

本部に連絡して、野山若葉の実家、あるいは係累の住所を調べてもらうことにした。

「若葉は、背の高い男と一緒に鹿児島へ移ったんでしょうか」

吉村は車のハンドルをにぎって首をかしげた。

「さっきの茶髪の女性の話だと、男は自分の持ち物だけを車に積んでいたようだ。もしかしたら二人は別行動なのかな」

「男は服装から見て会社員のようでした。彼女が鹿児島へもどったとしても、勤めのある男は一緒にはいけなかったでしょう」

「野山若葉は、ほんとうに鹿児島へもどったかは怪しい」

彼女も昼間はどこかに勤めていたようだ。どのような仕事をしていたかは分からないが、突然、退職することにしたのだろうか。夜の勤めも同然である。電話一本で、「辞めます」ですんだのだろうか。

本部へ帰着したところへ、鹿児島中央警察署から回答があった。

野山若葉の係累——彼女の父・徳三郎は鹿児島市電の整備員だったが、二年前に食道がんの手術を受けた。だが、その経過が不調で、手術後固形物をほとんど摂取できず、床に伏している日が多い。六十一歳。住所は、甲突川に近い城西。徳三郎が建てた一軒家。妻は奄美大島出身の鈴子、五十一歳。

長男・松一郎、三十歳。桜島フェリーの乗務員。松一郎の妻・加世、二十八歳。松一郎と加世のあいだには四歳と二歳の女の子がいる。六人は城西の家に同居している。徳三郎と鈴子には長女・若葉、二十八歳がいて、公簿上は東京都足立区に居住。

この回答を受けた約一時間後、鹿児島中央署から急報が入った。

「きのうの朝方、午前四時三十五分ごろ、市内城西の野山方から出火した火は、またたく間に広がって、同家の左右と裏側の家の計四軒が焼けて、二時間後に鎮火した。この火災で、病気静養中の徳三郎と、消火にあたった松一郎が怪我をして、病院で手当てを受けている」

「きのうの朝……」

新しい情報をきいた道原はつぶやいた。

実家の火災は松本にいる若葉にも伝えられた。彼女が急遽、住まいを引き払ったのは実家の火災の報せを受けたからにちがいない。彼女は、火災見舞いに駆けつけるのでなく、郷里へもどって暮らすことを決意したのだろう。それを決心するまでには母や兄や兄嫁などと電話で話し合いをしたのではないか。

出火元は野山家のようだ。午前四時三十五分ごろといったら、まだ暗いだろう。冬場ならストーブの火などの原因が考えられるが、いまは盛夏に近い七月初旬だ。火元はどこなのか、なんの火が焔（ほむら）になったのか。

松一郎は桜島フェリーの乗務員だという。以前、桜島に関することをなにかで読んだ記憶がある。鹿児島港から桜島港のあいだは約四キロで、フェリーで十五分か二十分だという。十数艘のフェリーは夜通し錦江湾（きんこうわん）を往復している。なぜ夜通しかというと、桜島が噴火したさい、島にいる人のすべてを避難させる必要がある。だからフェリーはひっきりなしに湾をまたいでいるのだった。

もしかしたらフェリー乗務員の松一郎は早朝出勤のため、妻が食事の支度をしていた。炊事の火がなにかに燃え移った……。

そんなことを想像しているうち、道原の頭には火がついたような衝撃がはしった。風を起こして椅子を立った。

パソコンの画面をにらみながらノートにメモを取っていたシマコが、持っていたペンを取り落とした。

吉村は立ち上った。その拍子に水が入っていたグラスが倒れた。二人は、「どうしたのか」という目を道原に向けた。

「野山若葉の実家に火をつけたやつがいるんじゃないか」

「放火……」

吉村とシマコが口を半開きにした。

「すぐに金武の所在を確認しよう」

「金武が、野山家に放火したっていうんですか」

「そうだ。金武は野山若葉に会いたくて、彼女の住所を追いかけていた。だが前住所の家主の電話に対して、『教えないで』と彼の来訪を拒否した。金武にとってこれはショックだった。同時に彼女に対しての怒りが燃え上がった。その怒りのやり場を、彼女の実家に向けたんじゃないかって気付いたんだ」

道原と吉村とシマコは車に乗った。

裏町通りをのろのろと走った。防水工事をしているビルの屋上へのぼってみた。当然だが灯りのない屋上にはだれもいなかった。

三人が乗った車は安曇野市三郷小倉のアパートへと向かった。そこはフェンスに囲まれたリンゴ園の隣で、二階建てのアパートだけが一段高いところに建っていた。八部屋のうち二室にだけ灯が入っていた。

金武の部屋は一階の西端だった。窓は暗い。裏へまわってみたが窓は押し黙っているように暗かった。

アパートの家主は、リンゴ園の所有者だ。玄関へ声を掛けると、陽焼けした顔の主婦がタオルで手を拭きながら出てきた。

「金武咲人さんに会いにきたのですが、まだ帰ってきていないようでした」

吉村が五十代半ばに見える主婦にいった。主婦は三人の刑事を見て丸い目をしたが、

「金武さんは、引っ越しましたよ」

と、中腰になっていった。

「引っ越した……。それはいつ……」

「さっきです。急に郷里へ帰ることになったので、精算が必要でしょうから、請求してくださいといいました。今月の前家賃をまだいただいていませんでしたけど、それは結構ですといって、光熱費として一万円だけいただいておきました」

「郷里は鹿児島市ですが……」

「それはきいていましたし、入居のときに契約書にも書いてもらっています」

道原が吉村の横へ立ち、主婦に挨拶して、金武の日常はどんなだったかをきいた。

「独り暮らしでしたけど、きれい好きなのか、汚れる仕事をしているのか、シャツやズボンがよく干してありました。入居のとき、荷物はボストンバッグだけだったので、掃除機が要るときにはうちのを使ってといいましたけど、借りにきたことはありませ

ワゴン車は何人かの作業員を乗せて現場へ向かうのだろう。

「お迎えがくるんです。白っぽいワゴン車です」

「朝、車に乗って出掛けるというが、自分で運転して……」

とがありません」

ですし、帰ってくるのは夜中のようでした。日曜に姿を見るくらいで普段は会ったこ

「見なかったような気がします。金武さんは毎朝八時半ごろ車に乗って出掛けるよう

道原は口調をあらためて、七月二日と三日に金武の姿を見たかと尋ねた。

訪ねてきた人はいるかときいたが、いなかったと思うといった。

真面目そうだし、口の重たい人のようでしたので、あまり会話をしませんでした」

か忘れました。アパートへ入るまで会社の寮のようなところにいたといっていました。

「はい。小型トラックでした。ドアに会社名が入っていましたけど、なんていう会社

「車は、本人が運転して」

「そうだと思います。アパートを契約した二、三日後に、車で運んできました」

「寝具は、こちらへ入ってから買ったんですか」

んでした」

金武が勤めていた北上工務店は、松本市島内で奈良井川の近くだった。黄色の地に大きな黒い字で社名が書いてあったので、すぐに分かった。

会社の玄関を入ると水色の制服を着た若い女性が椅子を立ってきたが、三人の来訪者が刑事だと分かると緊張した表情をした。

「こちらに金武咲人さんが勤めていましたね」

道原がきいた。

「短期間勤めていましたが、退職しました」

「いつですか」

「きょうです。さっきです。仕事の途中で会社へもどると、辞めたいといいました」

若い事務社員は心なし蒼い顔をしたが、専務がいますので呼びましょうか、といった。

社長の息子だという四十代の専務はカーキ色の制服姿だった。

金武咲人のことをききにきたのだというと、

「ああ、急に辞めたいといった男ですね」

と、不快な顔をした。「現場でいざこざでもあったんじゃないでしょうか。仕事のやりかたをちょっと注意すると、辞めるっていう若いもんがいます。金武という男は、素直だし、もの覚えもいいって現場の班長はいっていました。なにがあったのか、あとで班長からきこうと思っています。……金武はなにかやったんですか」

別の事件で参考人として署へ呼んだことがある、と道原は短くいった、専務は金武についてなにかききたそうだったが、道原は一礼して工務店をあとにした。

第三章　鹿児島捜査行

1

列車で新宿へ出て、羽田から鹿児島行きの飛行機に乗った。

「道原さんは、鹿児島へは何度か……」

飛行機が飛び立つと吉村がきいた。

「屋久島へいくとき一泊したきりだ」

「屋久島へいったんですか。私も一度はいってみたいと思っているところです」

道原の一人娘の比呂子が、家族旅行ができるなら屋久島にしたいと何度もいっていた。妻の康代に打診すると、足が丈夫なうちに屋久島へいきたいと祈るようないいかたをした。足を気遣ったのは、縄文杉を近くで見たいからだ。そこへいくには二時間は山径を歩かねばならない。

比呂子が高校一年の夏だったが、その旅行は実現した。鹿児島から屋久島へは小型機に乗りかえていく。その日は強い風が吹いていた。小型機は屋久島空港への着陸を何度も試みたが、危険と判断して鹿児島へ引き返した。そこで予定外の一泊を鹿児島市ですごすことになった。

三人は市内をぶらぶら歩いた。思い返してみると家族旅行ができたのはそのときだけだ。

鹿児島市の中心地で西郷隆盛の銅像を仰ぎ照国神社に手を合わせた。歩き疲れたので店構えのきれいな料理屋へ入った。道原はまず生ビールを音をさせて飲んだが、康代と比呂子は額を寄せてこそこそ話し合ったり笑ったりしていた。道原はなにを食べるかなど考えもしなかったのだ。

妻と娘のオーダーは、キビナゴの刺し身と黒ブタのしゃぶしゃぶ。

赤い肉が大皿に盛られてきた。キビナゴは藍色の鉢に盛り付けられて光っていた。三人は赤い肉の皿をあっという間に空にして、追加をオーダーして、「おいしい」を数えきれないほど連発した。キビナゴも黒ブタも、いままで食べたことがないほどうまかった。

次の日も屋久島への飛行機は飛ばなかったので、船で渡った。その日は島内を見物して、夕食にはくるまエビを何匹も食べた。屋久島ではくるまエビの養殖が盛んなことをそのときにきいた。

「その次の日は、縄文杉まで登ったんですね」

吉村は機内サービスのスープを飲んだ。

「早朝にホテルを出発したので、縄文杉を見てから宮之浦岳まで登ったんだ。屋久島は雨の日が多いときいていたが、その日はいい天気だった。若いとき何度か山に登ったことがあるという家内だったが、宮之浦岳ではへとへとになって、下りではなにをきいても答えなくなったのを憶えている。縄文杉への山径は昔、杉材運搬のためのトロッコを走らせていた軌道なので、枕木が埋め込まれている。これの間隔が歩幅と合わないので、歩きにくくて、ひどく疲れたんだ」

「次の日、奥さんは大丈夫でしたか」

「ああ。山へ登った日の夕飯は、一口食べただけで寝てしまったが、次の朝は早起きして、念願の旅行ができたって、よろこんでいたよ」

「鹿児島見物はしなかったんですか」

「市内で見たいと思っていたところはいくつかあったが、日程が狂ってしまったので、見学はできなかった。目の前の桜島と指宿の開聞岳を眺めていたのを憶えている」

「開聞岳が見えるんですか」

「夕方はシルエットになって」

「薩摩富士って呼ばれている、山容の美しい山ですね」

鹿児島空港へは約二時間で到着した。山頂に雲をかぶった桜島がどんと居据わっていた。空港には薄陽が差しているのに、桜島はなぜか濃い灰色に見えた。

まず鹿児島中央署に立ち寄って、訪れた目的と、金武咲人の挙動を刑事課長と二人の刑事に説明した。

「野山若葉は、金武咲人が松本へきていることにも驚いたようですし、彼の接近を極端に拒んでいたようですが、その理由はなんでしたか」

課長がきいた。

「それが分かっていません。推測では、彼女が若いときで、金武が少年だったころの、夜の行為が恥ずかしいのではないかということです」

道原が答えた。

「そんなことは、二人が黙っていれば分からないし、人に話すようなことでもない」

「野山若葉は、なんだか金武の接近に恐怖を感じていたような気がします」

「金武は、若葉に会えない腹いせに、彼女の実家に火をつけたという疑いが持たれているんですね」

「もしかしたらと……」

道原は低い声で答えた。

伊地知(いじち)という肩幅の広い四十代の刑事が、道原たちを車で案内してくれることになった。

「伊地知さんという名字は珍しいが、鹿児島には多いんですか」

車のハンドルをにぎった伊地知に助手席から道原がきいた。

「多い名字じゃありません。伊地知は福井県の出身で、薩摩に移って、島津氏の知遇を受けていたということです」

伊地知はまず、火災で全焼した野山家を見てもらいたいといって、伊敷街道を北へと走った。JR鹿児島本線をくぐった。甲突川右岸の城西で、鹿児島西署の管内だという。

焼け落ちて黒い柱だけになった野山家は道路に面していた。両隣と真後ろの家の四軒が黒い炭になっていた。死者がなかったのが唯一の救いだったと伊地知は、異臭のする焼け跡を見ていった。

野山家の家族は近所のアパートを二室借りて、仮住まいをしているという。

焼け跡から消防署員が二人、道路に出てきた。その二人に伊地知が話し掛けた。

火元は屋外で、放火の疑いが持たれているという。野山家の勝手口付近は火の気のないところ。したがって放火はまちがいないという。

「放火か」

道原がつぶやいた。どんな理由かは分からないが卑劣な犯行である。

野山家の人たちが避難しているアパートを訪ねるつもりで、焼け跡から数メートルはなれると、白いものがまじった髪の女性が白黒毛の猫を抱いて焼け跡を見ていた。焦点の定まらないような呆然（ぼうぜん）とした表情である。

もしかしたら若葉の母親の鈴子ではないかと思ったので、道原が声を掛けた。

薄く汚れたTシャツを着た女性は、道原の質問に目覚めたような目をした。

「はい、野山でございます。このたびはご迷惑をお掛けしております」

彼女は猫を抱いたまま腰を折った。やはり野山鈴子だった。

道原は災難に対しての悔みをいったあと、若葉は帰ってきているかときいた。

「は、はい」

刑事の口から若葉の名が出たのは意外だったようだ。

「若葉さんは、いま、アパートにいますか」

「いえ。仕事をさがさなくてはといって、出ていきました」

「若葉さんが、長野県の松本市に住んでいたことはご存じですね」

「知っています」

そういって鈴子は怯(おび)えるような目をした。

「ご実家の火事を知って、あわてて帰ってきたのでしょうが、独りですか」

「えっ。独りかとは……」

松本では男と一緒に住んでいたが、それは知らなかったのか。

「独りで帰ってこられたんですね」

道原は念を押した。

「若葉は松本で、だれかと一緒に住んでいたんですか」

警官が知らぬふりをすることはないと思ったので、男性と住んでいたと話し、その男性はだれなのか分かるかときいた。

鈴子は首を横に振った。知らなかったようだ。

そもそも若葉が松本へいった動機はなんなのか。一緒に暮らしていた男が松本の人だったからなのか。

「若葉さんは、仕事をさがさなくてはならないといったという。もう松本へはもどらないということですね」

「そうだと思います」

鈴子は首をかしげながら答えた。

鹿児島へもどったとなると仕事をさがさなくてはならないだろうが、住む場所もさがすつもりではないのか。

「息子さんは、火事のさいに怪我をしたそうですが、容態はいかがですか」

「あしたあたり退院できそうです」

「ご主人はいかがですか」

刑事はなんでも知っているのかと思ってか、彼女は驚いたような顔をした。

「主人は病人ですので、しばらく入院することになると思います」

徳三郎は食道がんの手術を受けたというから、三度の食事には配慮が要るのだろう。いまごろは自宅を焼かれた原因をあれこれ考えているのではなかろうか。

放火された原因については、近日中に警察が事情聴取にくるだろう。原因が分かりさえすれば犯人も分かりそうな気がする。

ここは、他署の所轄だったが道原は野山家の人たちが気になってノートを開いた。

世帯主である徳三郎は以前、鹿児島市電の整備員だったという。食道がんが見つかって手術を受けたが、その経過が思わしくなくて、自宅で静養中だった。六十一歳だから健康状態次第では働いていたはずだ。

妻の鈴子は丈夫そうなからだをしていた。

二人の長男の松一郎は、桜島フェリーの乗務員で、その妻とのあいだには幼い子どもが二人いる。

病身の徳三郎をのぞけばどこにでもいそうな家族のようだ。この家族には徳三郎と鈴子の長女の若葉がいる。彼女は鹿児島をはなれて東京へいき、そのあと長野県松本市に移って暮らしていた。もしも人間関係のトラブルでも抱えていたのだとしたら、その要因はこの若葉ではないかと思われる。彼女は二十八歳だ。独身だったが、松本では男性が、彼女が契約していたアパートに出入りしていた。一緒に暮らしていたようにも見えたといわれている。

彼女は実家の火災を知ると、住まいを解約して鹿児島へ帰った。同居していたらしい男とは別れたのだろうか。それとも一緒に鹿児島へきて、いまのところ男とはべつに住んでいるのか。

彼女はある男から足跡をたどられていた。ある男は、金武咲人だ。彼は東京、松本と彼女を追いかけて住所を移り、仕事も変えた。今度は、若葉の実家の火災を知ると、あわてて……。

金武は、野山家に放火するためだけに鹿児島へいき、目的を果たすとはね返るように松本へもどったのか。

彼はあたかも野山家の火災を知り、それで急遽アパートを解約したし、北上工務店も辞めたかのようだ。それは見せかけとも考えられる。

2

金武咲人は、家族がそろって食事をした記憶がないといっていた。両親がいたのになぜなのか。彼の少年時代はどんなだったのかを知っておく必要を感じたので、金武を事情聴取したことを伊地知に話した。

「その男の話のとおりだったかを、調べましょう」

伊地知は金武の実家のある宇宿のほうへ車を向けた。

「JR指宿枕崎（いぶすきまくらざき）線に宇宿という駅があります。東側は港ですが、西側には大学もあって、住宅街もあります」

車は南のほうを向いて走ったが、道路のあちこちに大学名の標識がいくつも目に入った。

「気が付きませんでしたが、このコースはたしかに大学が……。鹿児島純心女子大、志学館大、鹿児島大……」

伊地知はハンドルをにぎってつぶやいていた。

金武という家は宇宿駅から西へ三百メートルほどのところで見つけた。古風な造りの木造二階屋で二階の裏側には物干場が一階の屋根の上にのっていた。たぶん先代が建てたか買った家なのだろう。

金武咲人が実家へ帰っていれば家にいそうな気がした。

金武家の評判をきくつもりで隣家のインターホンを押したが応答がなかった。それで、二軒目の家に声を掛けた。白い前掛けをした六十歳見当の主婦が玄関を開けた。

道原が主婦に話し掛けた。

「金武さんとは親しいというほどではありませんが、ご近所ですのでご挨拶ぐらいはします。でもだれもいないことが多い家ですよ」

主婦は、家族全員が夜も働いているからだと思うといったが、彼女は金武家の人たちを観察していたようだ。

鹿児島中央署にあらかじめ公簿をあたってもらっていたので、道原はノートのメモに目を落とした。

咲人の父は金武秀康（ひでやす）・五十六歳。母は玉緒（たまお）・五十三歳。姉は彩加（あやか）・二十八歳。この三人は同居していることになっている。

秀康の母ミヨコがすぐ近くのアパートに住んでいたが、去年の二月、食べた餅を喉につまらせたのがもとで死亡した。八十歳だった。餅が喉にからんだときは苦しかっただろうが、だれも呼ばずに息を引き取った。朝食が喉につかえたらしい。玉緒がブリ大根を煮たのでそれを持っていったところ、返事がなかったのでふすまを開けると、寝床に仰向いて息絶えていたという。

祖母の葬儀には咲人も参列した。彼は親族の席にすわって俯いていた。祖母の遺影の前には、つけ焼き煎餅とかりん糖が白い紙の上にのっていた。咲人が供えたものにちがいなかった。僧侶の長い読経のあいだ、咲人は目と鼻をしょっちゅう拭いていた。家族のなかで祖母をいちばん好いていたようだった。

秀康は、寺での葬儀がすむと自宅へ何人かを招いて酒を酌み交わしていたが、どっと疲れが出たのか客のいる前で酔いつぶれてしまった。

玉緒は客がいるのを横目に入れながら台所から動こうとしなかった。何人かの客の接待には隣家の主婦があたっていた。

彩加は酒を飲みながらの客の接待が苦手らしく、途中から自宅を抜け出し、客が引き揚げるのを待って帰ってきた。

咲人は、葬儀がすむと、金武家の長男であるのを忘れたように、寺から空港へ直行した。

金武家のインターホンを押すと、思いがけないことに若い女性の声が応答した。道原が名乗ると、「警察の方」とつぶやく声がして、二分後に玄関が開いた。玄関を開けたのは彩加だった。髪が乱れていた。「具合が悪かったので、寝ていました」と彼女はいったが、三人の刑事をなかへ入れた。ほかにだれもいないようである。

「咲人さんに会いにきたんですが、不在ですか」

道原が松本署の者だと自己紹介した。

咲人は松本からもどってきたが、出掛けたらしい、と彼女はいって、咲人にどんな用事かと蒼(あお)い顔をしてきいた。

「咲人さんは、東京へいって、それから松本へいって住んでいました。なぜ東京から松本へ移ったのかを、あなたはご存じですか」

「東京よりも松本のほうがいい仕事があったからではないでしょうか。弟は仕事のことをわたしに話したことがないので、松本へいった理由は知りません」

「あなたの友だちに野山若葉さんという人がいますが、彼女も東京から松本へ移っていました」

「そうでしたか。しばらく会っていないし、連絡を取り合っていないので、最近のことは知りません」

「以前は、あなたと若葉さんは仲よしでした。なぜ連絡を取り合わなくなったんですか」

彩加は目を瞑（つむ）ると首をかしげた。しばらく黙っていたが、若葉のほうから連絡を絶ったのだが、その理由は分からないと答えた。

「咲人さんは、若葉さんを追いかけるように移動しています。どうしてでしょう」

「さあ……」

それも知らないというふうに彩加は首をかしげた。

「こういうことが考えられます」

道原がいうと彩加は彼の顔に注目した。

「咲人さんは若葉さんに恋愛感情を抱いている。若葉さんはそれを知っている。彼女にとって咲人さんのその感情は迷惑なんでしょう。彼女にはお付合いしている、いや一緒に暮らしている男性がいるんです」

「そうなんですか」

彩加は若葉の近況を初めて知ったからか、意外そうな表情をした。首を曲げたり目を瞑ったりしていたが、若葉がどんな暮らしをしているのかはまったく知らないようだった。

若葉と一緒に暮らしているのは痩せぎすで長身の男だと、道原はきいていたが詳しいことは話さなかった。その男性については情報不足だったからだ。

いまの彩加は、若葉に対して好意を持っていないのではないか。ずっと以前の若葉は同じ市内に住んでいながら泊まりにくるほど彩加と親しかったようだ。それがある日から人が変わったように彩加との連絡を絶った。電話番号を変えたのにそれを知らせなかったし、住所の移動も教えなかったようだ。なぜなのか。二人のあいだには深い溝の生じる出来事でもあったのか。それを咲人は知らないのだろうか。

「咲人さんは帰ってくるでしょうか」

道原は彩加の蒼い顔にきいた。

「帰ってくると思います。刑事さんは、弟の電話番号をご存じですか」

「知りません。彩加さんはそれを知っていますか」

「そういえば、ずっと前にケータイを失くしました。そのあとのことは……」

彩加は、咲人がケータイを持っているかもしれないが、その番号を知らないといった。

道原は、またあとで訪ねるといってから、彩加のスマホの番号を尋ねた。

彼女は一瞬、躊躇(ちゅうちょ)の目の色をしたが番号を教えた。

またあとで訪ねるといって金武の家を出ると、今夜の宿を決めているのか、と伊地知がきいた。まだだと道原が答えると、

「では、おまかせください」

といって車を出した。東の空を塒(ねぐら)へ帰るのか黒い鳥が連(つら)なって海の上を飛んでいた。

市街地を抜けると城山(しろやま)へ向かって坂を登った。ビルが建ち並ぶ市街地が左右の車窓に映った。到着したところは鹿児島城山観光ホテルだった。

「出張ですので、このような豪勢なホテルでないほうが」

伊地知は道原たちが尻込みするのを予想していたらしく、にこにこしながらフロン

ト係の一人を手招きし、低声でなにかを話していた。

ここは鹿児島市中心部の標高一〇七メートルの小高い山の上だ。明治十（一八七七）年の西南戦争で、西郷隆盛の砦として激戦地になったし、隆盛が自刃した最期の地でもある。

道原と吉村は角柱に貼られている桜島の写真を見ていた。

「窓からの夜景もなかなかですよ」

伊地知が背中でいった。

道原と吉村は、フロントで署名だけした。

二人は到着した日だから鹿児島のうまい物を食べてもらいたいと伊地知はいって、車を署の駐車場に入れた。まるで遠方からきた二人を接待しているようだ。

「お二人は鹿児島の名物をご存じですか」

伊地知は歩きながらきいた。

「芋焼酎にさつま揚げ」

すかさず吉村が答えた。

「たいていの方がその二つを挙げます」

「黒ブタじゃないでしょうか」

道原がいうと、

「そうです。黒ブタのしゃぶしゃぶは絶品ですので、それの旨い店へご案内します。それから名物といったらキビナゴの刺身。酢味噌を付けて食べるのが定番です」

夕暮れ近くになったせいか中心街は人通りが多くなった。鹿児島中央署に近いパース通りから照国通りへと折れた。

「繁華街は天文館通りです。なぜ天文館と呼ぶかといいますと、安永八（一七七九）年、島津重豪は天体観測をするために明時館というのを置きました。暦をつくらせたんです。世にいう薩摩暦です。現在の天文館のあたりは以前は上級武士の屋敷町でした。明時館は天文館とも呼ばれていたので、その通称が残っているんです」

古そうな厚い板の看板の前へ立つと、伊地知は、この店だといった。外から見ると薄暗い老舗のような造りだったが店のなかは明るかった。個室と格子で仕切った席の部屋があって、すでに湯気の立ちのぼっている鍋から肉を汲み上げている客がいた。

個室へ入った。コタツ式のテーブルにまず小型コンロがのせられた。火を点けるとすぐに鍋のなかが波立った。しゃぶしゃぶではなさそうだった。きょうは仕事をしないと決め、三人は芋焼酎で乾杯した。

黒い前掛けをした若い女性従業員が皿を持ってくると、長い竹串に刺した物を煮え立った鍋のなかにそっと差し入れ、ひと呼吸すると竹串のまま、「熱いうちにどうぞ」といって差し出した。それは長さ三センチほどのさつま揚げだった。ひと口で食べてしまったが、なんという旨さなのかといおうとしたが、鍋とコンロは片付けられた。

「さつま揚げはこうやって食べるものなんです。何日も経ったのは旨くない」

伊地知がそういったところへ、さっきよりもひとまわり大きい鍋が火に掛けられた。赤い肉が大皿に盛られてきた。黒ブタの肉だ。色が濃い。さつま藷（いも）を餌（えさ）に育てられたという。

やわらかくてコクがある。

「これを食べたら、松本のスーパーで売っている白っぽいブタは、もう食べられない」

吉村は、旨いを連発して、あっという間に皿は空になった。もうひと皿注文したが、それもきれいに空にされた。

酢味噌を付けて食べるキビナゴは絶品だった。何年か前に家族で屋久島にいくときに鹿児島で一泊することになったので、そのときもブタしゃぶとキビナゴを食べた。肉の旨さに妻の康代は、『こんなにおいしい物をいただいて、あとで罰があたりそうな気がする』などといっていた。

食事中に金武咲人から電話が入りそうな気がしていたが彼はまだ帰宅していなかったのか音沙汰なしだった。

ホテルへもどってから道原は二時間ばかり風呂に入らず、金武からの電話を待っていたが、掛かってはこなかった。

3

深夜の窓を一杯に開けると、城山の林をくぐってきた風が涼しかった。しばらく街を見下ろした。眺めているうちにビル群のなかから消えていく灯があった。遠くに小さい灯がいくつか見えたが、桜島の岸辺だろうと思われた。

朝、目覚めるとまた窓を開けた。桜島は錦江湾にどんと居据わっていた。湾内には小島が浮いている。桜島は薩摩半島に抱かれているのが明瞭だった。その半島の先端に両側に裾を引いている山がある。開聞岳にちがいない。湾のなかを白い航跡を引いていく船がいくつも見えた。桜島を往復するフェリーだろうか。

桜島は年間千回以上の噴火を繰り返すという日本でもっとも活発な活火山である。大正三（一九一四）年の大噴火で、孤島が大隅半島と陸つづきになった。きのう伊地知にきいたが、桜島には持木、赤水、小池、白浜などの集落があって、三千人近くが住んでいるらしい。

城山から見下ろす市街地は、立錐の余地もないほどビルが林立している。鹿児島市の人口は約五十九万七千、世帯数は約二十七万四千。

金武咲人の姉の彩加に電話すると、彼女はすぐに応答した。

昨夜、咲人は帰宅したのかときくと、

「帰ってきましたので、刑事さんの電話番号を伝えておきました」

「咲人さんは、電話をくれなかった。彼は電話を持っていましたか」

「わたしが伝えた番号をメモしていましたので、持っていないのだと思います。用件しか話さないし、へんな子です。小さいときから口数は少ないほうでしたけど、いまはまるで無口に近いくらい」

彼女は会社へ出勤する準備中だといったので、道原は電話を切りかけたが、

「咲人さんはいま、家にいますか」

ときくと、

「きょうは桜島へいくといって、さっき出ていきました」

といった。

伊地知に電話でそれを伝えると、フェリーの発着する港で待機していれば会えるのではないかといった。

「わたしは三十分後にホテルへいきます。桜島へいっても車があるほうが便利でしょうから」

道原と吉村は急いで朝食をすませた。

地下一階地上三階建てのビルのようなフェリーに車ごと乗り込んだ。乗客は五、六十人ではないか。そのなかに十人ぐらい外国人がまじっていた。

けさは薄曇りで桜島はかすんでいたが、船が到着するころには青空が広がった。桜島上空も晴れているが、山頂にだけ噴煙のような白い雲がからんでいる。

船内を一巡したが金武咲人の姿を認めることはできなかった。

彼はなんの目的で桜島を訪ねるのか。知り合いがいるのか。仕事があるというのか。桜島の岩場を望むことのできる湯之平(ゆのひら)展望所で観光客のなかにまじり込んだ。標高三七三メートル地点である。観光客は次から次へと大岩壁をバックに写真に収まっていた。赤い観光バスでやってきた人たちが多かった。

吉村は、いまにも大音響とともに爆発しそうな雰囲気を抱いている大岩壁にカメラを向けていた。山の中腹まではおだやかな緑の丘だが、その中心部から赤黒い岩壁がそそり立っている。それは北岳で、右に中岳、南岳が連なり、たびたび噴煙を上げるのは南岳だという。

人の群れは湯之平展望所とフェリー乗り場だけだった。桜島には何軒かのホテルや民宿があるが、観光客は大岩壁を仰いだだけで鹿児島市内へもどっていく。噴火の恐れもあるので宿泊する人はごく少数のため、廃業したホテルもあるという。

鹿児島へもどる船のなかでも咲人の姿をさがしたが、見つからなかった。

「夜には家へ帰るでしょうから、昼間は名所をご覧になって」

と、伊地知にすすめられた。

道原は、観光旅行をしているようで気が引けたが、彼のすすめにしたがうことにした。彼がすすめたのは島津家が遺した仙巌園と尚古集成館。仙巌園は広大な庭園だということだけは知っていた。

そこは桜島を一望するところにあった。丸に十の字の島津家家紋の付いたリーフレットを読んだ。

「仙巌園は、江戸時代初期の万治元年（一六五八）、島津家十九代光久によって築かれた薩摩藩主島津家の別邸です。目前の桜島を築山に、錦江湾を池に見立てた壮大な作庭は、数ある大名庭園のなかでも他に類をみないスケールの大きさです。また、海外とつながる「南の玄関口」といわれた薩摩の歴史にふさわしく、中国・琉球文化の影響が園内随所に見られます。

歴代当主に愛されたこの庭園には、徳川将軍家に嫁いだ篤姫や海外の要人も足を運びました」

仙巌園へ入ってまず道原が目を引かれたのは自然石を組み合わせたような大灯籠。伊地知の説明だとこれはガス灯だったという。江戸後期の藩主だった島津斉彬は、他藩に先がけて化学製品をつくり、軍備のための基礎的技術を実験させ、機械制工業を経営させた。それにより大砲、火薬、ガラス、陶磁器、工業用アルコール、ガス灯などをつくり、昇平丸など五隻の軍艦を建造した。その業績の一部が尚古集成館に収納されているのだった。

道原と吉村は、伊地知の案内で池を見下し疎水の流れをまたぎ、築山を眺めたあと、尚古集成館を見学し、そのあと、「晋どん、もうここらでよか」と太字で書かれた案内板のある墓地へ入った。南洲翁終焉之地である。

西郷隆盛の墓の石碑はひときわ大きかったが、ともに戦った兵士たちの墓は寄り合うように並んで押し黙っていた。

照国神社にも参拝したが、そこで日が暮れた。

金武咲人はほんとうに桜島へいったのかどうか、電話をよこさなかった。

彼は、刑事が電話を待っているのを承知していながら掛けてよこさないのだろうから、こちらから会いにいくことにした。

宇宿の金武家の窓には灯りが映っていた。咲人か彩加がいそうな気がした。インターホンに呼び掛けると、男の声が応じた。咲人がいるのだった。彼は玄関ドアを解錠した。「どうぞ」といわれなかったが、道原と吉村は玄関へ踏み込んだ。

咲人の口が動いていた。彼は食事中だったようだ。

「私たちはここで待たせてもらうので、食事をすませてください」

「もういいんです」

咲人はそういってから台所へもどった。ガスの火を消してきたようだ。

「桜島へいってきたんだね」

板の間へ正座した咲人にいった。

「はい」

「一泊してきたが、訪問先の家へ泊まったの」

「いいえ。ホテルに泊まりました」

「桜島へ泊まる人は少ないので、宿泊施設は次つぎに廃業したときいたが」

「営業しているホテルはあります」

食べた物が口に残っているのか、咲人は頬に手をやり、口を動かした。

「桜島へは、どういう用事で……」

「刑事さんは、私を追いかけて鹿児島へきているようですが……」

咲人は道原の質問を遮るようなききかたをした。

「そう。追いかけてきたんだ」

「なぜですか」

咲人は膝頭をつかんできいた。

「あんたは、野山若葉さんに会いたがっている。だが彼女はあんたに会おうとしない。あんたが会おうとすると彼女は逃げるように住所を変えた。彼女にとってあんたの接近は迷惑なんだよ。あんたは、思いどおりにならない腹いせに、彼女の実家に火をつけたんじゃないかと、私たちは疑っているんだ」

「とんでもないことです」

「とんでもないとは……」

「私は、放火なんてしていないということです」

道原は咲人の顔をひとにらみしてから、板の間の上がり口へ腰掛けた。咲人にじっくり話をききたいという態度を見せたのである。

「あんたは若葉さんを追いかけているが、それはどうしてなのか」

「彼女に会いたかったからです」

「それが彼女には迷惑なんだ。迷惑がられていることが分かっているんだろ」

「分かっていません。もしも迷惑がられているのだとしたら、それはどうしてかを知りたいんです。彼女が迷惑がっているっていうのは、刑事さんの推測じゃないんですか」

きょうの咲人は、わりにはっきりとものをいう。

「推測じゃない。若葉さんはあんたに会いたくないんだ。この世のなかで最も会いたくない人があんたかもしれないよ」

「そんな……」

咲人は首を大きく横に振った。

「あんたと彩加さんは、若葉さんに嫌われているらしい。それの証拠には、若葉さんは電話番号を変えたのに、それを彩加さんに伝えていない」

咲人は、そういえば、というふうに瞳を動かした。

道原はポケットから取り出したメモを読むふりをした。

「あんたは松本での仕事を辞めて、鹿児島へ帰ってきた。どうしてなのか」

「仕事が嫌になったんです」

「野山さんの家は放火されたのだが、それと、あんたの移動は関係があるんじゃないのか」

「直接関係はありません。仕事を変えたいと思っていたら、あの火事が」

「火事を知って鹿児島へもどった。放火を知った。なにか思いあたることがあったんじゃないのか」

「思いあたることなんか……」

咲人は俯いた。表情の変化を読まれたくなかったからではないか。

道原は三、四分黙ってから質問の方向を変えた。

「桜島には知り合いがいるの」

「いません」

咲人は、道原の口をふさぐようないいかたをした。

「鹿児島の人なんだから、いままでに桜島へは何度もいっているんじゃないのか」

「いっています」

「今回は、どういう用事で……」

「いってみたくなっただけです」

「簡単に日帰りできるのに、一泊した。知り合いに会ったんだろ」

道原がにらむと咲人は顔を上げた。

「刑事さんは、なにか起きると、私をつかまえにきた。私が鹿児島へもどると、追いかけてきて、どこでなにをしたのかをきく。私が定職に就いていないからですか、いつも薄ぎたない格好をしているからですか」

「そうじゃない。私の質問に対して正直に答えてくれないからだ。桜島へいってきた目的も話してくれないか。あんたはいろんなことを隠している。それは重大事件に関係がある。だから話せない。私たちは、あんたのいうことのすべてを信用していないんだ」

咲人は、また顔を伏せ、背中を丸くした。

吉村が咲人に電話番号をきいた。

咲人は背中でも掻(か)くように動いたが、ケータイもスマホも持っていないと答えた。どことなく薄汚れているような彼を見ていると、ケータイを持っていないというのが事実のようだ。

道原は、ケータイの番号を彼に教えた。すると彼はメモ用紙とペンを持ってきた。道原は電話番号を姉の彩加に伝えていた。彩加はそれを咲人に伝えたということだったが、咲人は刑事の番号を初めてきくようにペンを構えた。

4

金武咲人には友だちがいないのだろうか、と吉村がいった。一人や二人はいるかもしれない。実家付近で聞き込みすれば、中学での同級生の何人かが分かるだろう。同級生だった人たちにあたれば咲人がだれと親しくしていたとか、現在も付合いのある人が分かりそうだ。

朝食をすませて、ロビーで新聞を広げたところへ宮坂刑事課長から道原のケータイに電話が入った。

松本市内で殺された船田慎士と三池かなえはともに鹿児島市の出身だ。出身地からの経歴を洗う必要があるのではないかといわれた。二人の出身地や略歴や係累は捜査資料に入っている。

きのう、尚古集成館や仙巌園を見学していたことを、課長に責められているような気がした。

伊地知がやってきた。彼は、「おはようございます」と丁寧な挨拶をした。

道原は、船田慎士の出生時からを調べたいといった。伊地知はうなずいた。

公簿によると慎士の出生地は鹿児島市甲突町である。彼は五十六歳だった。

彼の両親は甲突町に住んでいたが、三年前に相次いで没した。父親は鹿児島市役所の職員で、定年まで勤めていた。定年後は市内の学校に事務職員として勤務していたが、亡くなる前の二年間ぐらいは体調がすぐれず、勤務先を退いて、病院通いをしていた。母親は丈夫そうだったが、夫の看病疲れか、夫が逝くと寝込むようになり、夫の後を追うように二か月後に死亡した。夫婦ともに八十前後だった。

慎士には兄と姉がいた。兄の船田直範(なおのり)は船舶用機器の製造会社の社員だったが、六年前の冬、鹿児島木材港で溺死体(できしたい)で発見された。五十七歳だった。

それを知ったので警察で当時の捜査書類を読んだ。

直範は酒好きで、勤務先の同僚や友だちと居酒屋で飲んで帰宅したときでも、風呂を浴びると、台所のテーブルに日本酒の一升びんを置いて、グラスで一、二杯飲んでいた。そういう男だったから、酒に酔って港の岸壁付近をふらふらと歩くうちに、あやまって海に転落したのではないかとみられた。

海中から発見された遺体は解剖された。やはり胃に酒が入っていた。が、酒に強い彼が足をふらつかせるほどの量ではなかった。それと彼が、勤務先とも自宅ともはなれている木材港で死体になっていたのは謎だった。死亡したのは発見された日の前夜である。警察は船田直範の死亡に疑いを抱いた。そこで発見された前日の夜、だれとどこで酒を飲んだかを調べた。

彼が死亡した日は十二月の冷たい風が吹いていた。彼はいつものように午後六時半ごろ勤務先を後にした。仕事中の何人かに、「お先に」といって会社を出たことが記憶されていた。その日は、彼に食事を誘われた社員はいなかった。

妻は自宅で、「主人はいつも何時に帰ってくるか分からないので、子どもたちと夕飯をすませた」といった。子どもたちというのは、同居している長男夫婦の二人の子どものことだった。

直範は帰宅しなかった。翌朝、妻は会社に電話した。出勤時間をすぎても出勤しないことから、一部の社員と妻は警察へいって事情を相談した。

警察がその相談を受けている最中、木材港に面している会社から、「人が浮いている」という通報が入った。

海から引き揚げた遺体の男は船田直範だった。

少量だが飲酒していたので、岸壁付近の店で飲んで、夜の岸壁を歩くうち、あやまって海へ転落したことが考えられるということになった。何者かに呼び出され、飲酒したあと岸壁を歩き、海へ突き落とされたのではないかという疑いはあったが、直範は人から恨まれているようでもなかったし、犯罪に関係するような人でもなかったことから、疑問を残して事故死とされた。

彼の死後三週間経って、こういう情報が警察に入った。遺体発見現場から五百メートルほどの居酒屋の主人からである。

『たぶん初めてのお客さんだったと思います。独りでおいでになって、焼酎を一杯飲みました。お腹がすいていたらしくて、いなりずしと巻きずしを召し上がって、焼酎を追加しました。三杯目の焼酎を飲み干すと、勘定をして、出ていきました。店にいたのは一時間とちょっとでした。だれかを待っていたんじゃないでしょうか、腕時計を何回も見ていました。だれかと待ち合わせしたが、相手がこなかったので帰ったんだと思います』

警官は船田直範の写真を店の主人に見せた。主人は、人待ち顔をしていた男性はこの人でした、と答えた。

直範は何者かに電話で呼び出されて、小さな居酒屋へ入った。電話の相手が指定した店だったのではないか。

相手は、直範が飲み食いしているあいだ、近くで待ち伏せしていたように思われる。

直範の遺体には、切られたり叩かれたような傷跡はなかった。

慎士の姉財部千枝は鹿児島市西田の古い蒲鉾店に嫁いでいた。現在五十八歳だ。夫と長男が蒲鉾店に従事している。娘が一人いたが、銀行員と結婚し、財部家とは約三百メートルの住宅に住んで、今年、男の子を産んだ。

船田慎士の係累の暮らしは、「千枝さんは、「一見平穏に見えるが、凶事の多い家系」という人がいた。その理由をきくと、わたしの係累は事件に巻き込まれるという不幸な死にかたをしているが、先代か先々代に凶事の原因をつくった人がいるような気がする」と語ったことがあるといった人がいた。「凶事の原因」とは穏やかでない。

道原たちは、伊地知とともに「たからべ蒲鉾店」を訪ねた。三人を客と見たのか白い帽子をかぶった若い女性店員が笑顔を向けた。財部千枝さんに会いたいと告げると、女性店員は顔色を変え、「この裏が自宅です。そちらにいると思います」と小さい声でいって自宅の玄関のほうを指差した。三人の顔付きから警察官だと察したようだった。

玄関はガラスの格子戸だった。柱のインターホンには女性の声が応え、すぐにガラス戸が開いた。千枝がつっかけを履いて立っていた。

伊地知が一歩前に出て、「何度もきかれたでしょうが、もう一度、直範さんの事件についてききたいので」というと、千枝はうなずいて、

「ご苦労さまです。どうぞお上がりください」

といった。

彼女が三人を通したところは応接間だった。

壁には幅一メートルほどの山の絵が飾られていた。横尾(よこお)辺りから仰いだ前穂高岳(まえほたかだけ)だった。道原がそれをいうと、

「よくお分かりになりましたね」

千枝はあらためて道原を見直した。

「管内ですので」

「そうでしたか。この絵は慎士が、安曇野に住んでいるという画家に描いていただいて、送ってくれたんです。慎士は松本へいってから北アルプスの山へ、何度も登っているということでした」

道原は、慎士の災難に対しての悔みを述べた。慎士は、松本市の繁華街である裏町で雨やどりをしているとき、何者かにナイフで腹部を一突きされ、そこからの失血で死亡した。その事件は未解決だ。捜査本部はまだ犯人像さえもつかんでいない。

「あなたのお兄さんの船田直範さんは鹿児島の海で亡くなり、弟さんの慎士さんは松本市内で事件に遭っている。あなたは人に、先代か先々代に、不幸の原因をつくった人がいるようなことを語ったことがあるそうですが、そのお話を詳しく話していただけませんか」

道原がいうと、腹を立てたのか、質問に反応したのか、千枝はすっくと立つと、お茶をいれるといった。詳しく話すのでじっくりきいてくれといっているようでもあった。

「鹿児島のお茶は、色もきれいで、おいしいですよ」

彼女はポットの湯を急須に注ぐと、ひと呼吸おいてから湯呑みに注いだ。いい香りがほのかにただよった。湯呑みに注がれたお茶は透きとおった緑色をしていた。

彼女はすわり直すと胸に手をあて、

「七十年以上前の出来事です」

前置きして姿勢を正した。「わたしたちの父は、九人兄弟でしたけど、兄二人は兵隊さんで、戦争が激しくなったとき、南方の島で戦死したということでした。父は男では末の子で、戦死した二人の兄は写真でしか知らない、といっていました」

彼女は低い声でゆっくりした口調で語った。

道原は、戦争の話をする何人かに会っているが、話の途中で語るのをやめてしまった人がいた。思い出すのが悍ましいといっているようだった。彼女は自分が戦場を経験していないのだろうから、冷静に語ることができるのではないか。

「父の兄には、男の子が三人いて、三人とも兵隊さんになって、三人ともお国のためといって、死んだということです」

「戦死なさったんでしょうが、南方の島でですか」

彼女は首を横に振ると、お茶を一口飲んだ。

「鹿児島には特攻基地というのが、二か所あったのをご存じですか」

「知覧と……」

道原は答えに詰まった。

「大隅半島の鹿屋です。薩摩半島の知覧とは、錦江湾をへだてて向かい合っています」

伊地知がいった。

道原は、そうだったとうなずいた。吉村はノートにペンを走らせた。

「伯父の子どもの三人の男の子は、知覧と鹿屋に分かれて、特攻基地で働いていましたが、米軍の空襲に遭ったんです。どちらの基地にいたのか知りませんが、一人は特攻隊員で、爆弾を抱いた小さな飛行機で敵の軍艦に体当たりして、散ったそうです。二人は米軍の空襲を受けて亡くなりました。三人とも戦死です。父の兄のうちの二人は、南方の島で戦死しましたけど、三番目の兄は鹿屋基地の特攻隊員だったそうです。……その人は寅次という名です。昭和二十年の七月、十八歳の寅次は鹿屋基地から爆弾を抱えた飛行機で、アメリカ軍の軍艦に体当たりしたはずでしたが、生きていました」

千枝は胸を撫でた。

「生きていた」

道原たち三人は顔を見合わせた。

「爆弾を投下して、鹿屋基地へもどってきたということですか」

道原が首をかしげた。

「そうではないようです。敵の軍艦の近くまでいくと、自分の飛行機の燃料はなくなり、もどれなくなります。ですので、基地からどれぐらい飛んだのか分かりませんが、方向転換して、日本へもどってきたにちがいありません」

「鹿屋基地にはもどらなかったということですね」

「心変わりしたのでしょうね」

「どこへ着いたんでしょうか」

「はっきり分かりませんが、四国の山のなかにいるという、暗号のような手紙を両親に送ったそうです」

「特攻隊員にはなったが、敵艦に体当たりして死ぬのは嫌だったんでしょうね」

伊地知が顎に手をあてていった。

「いざ出陣というときになって、泣き喚いたり、脱走しようとする隊員は何人もいたそうです。戦時中、知覧の基地に勤めていた人にきいた話では、出撃の朝になって、泣き喚いたり、部屋にとじこもったりする隊員を、何人もでなだめたり、無理矢理飛行機に乗せたことが何度もあったといっていました。……特攻隊員に選ばれたことをよろこんで、両親に手紙を送り、『お国のために死にます。いままで育ててくださった両親に感謝します』といった人もいたでしょうけど、死ぬのは嫌だといった人も、少なくはないと思います」

「寅次さんは、ご家族のもとへ帰ってきたでしょうか」

道原がきいた。

「特攻隊員として出撃して、戦死したことになっているんです。家族に迷惑がおよぶと思っていたでしょうから、鹿児島には帰ってこなかったそうです」

「鹿屋基地からはどういう連絡があったのでしょうか」

「出撃したので、戦死とみなされたそうです。ほんとうに敵艦に体当たりしたかは怪しいとみられていたと思います。基地にもどってこなければ、戦死とみなすということになっていたのではないでしょうか。実家では、特攻隊員として名誉の戦死を遂げたことにして、お葬式をしたそうです」

「四国の山中にいるという手紙が届いてから後のことは、分かっているんですか」

「亡くなったときいています。亡くなるまでどこでどうしていたか、わたしたちは知りません。世間には知られたくないことでしたので、家族は寅次の話はしないことにしていたようです。いまは他人のことのように話すことができますけど、ほんとうはお恥ずかしい話なんです」

たしかにそうだろうが、寅次のほかにも敵艦に体当たりをせず、そっとどこかへもどり、その後は、ひっそりと暮らしていたという人はいそうな気がする。

記録では鹿屋からは隊員八百二十八人が特別攻撃機で出撃していて、特攻基地として最も多い戦死者を出している。

因みに爆弾を抱え片道だけの燃料で、知覧基地から出撃した若者は四百三十六人だった。

千枝は人に、船田家には凶事の原因があるようなことを語ったことがあったらしいが、それは直範の変死をも語っているのだろうか。

直範の変死についてどうみているかを伊地知が千枝にきいた。他殺の疑いが持たれているが、それをどう思うかときいたのである。

「あの酒飲みが、人を待っているあいだに二、三杯飲んだぐらいで、海に転落したなんて信じられません。直範のことを調べていらっしゃる刑事さんがわたしに会いにおいでになりましたが、わたしははっきりと、だれかに突き落とされたんです、と申し上げました」

船田直範が殺されたのだとしたら、慎士の事件とも関連しているのだろうか。

5

弟の船田慎士は、若いとき大阪市や横浜市の会社に勤めていたようだが、なぜ鹿児島をはなれたのかを千枝に尋ねた。

「高校を卒業して、鹿児島市内の会社に勤めていましたけど、二十四、五歳のころ、転職するといって家を出ていきました。なぜ市内の会社を辞めたのかは知りません。一時、大阪にいるという話はきいた憶えがありますけど、どんな仕事をしているのかは分かりませんでした。そのうちに東京へいったとか、松本にいるとかと転々としているようでしたけど、詳しいことは両親も知らないようでした。……刑事さんは信じないかもしれませんが、慎士は、両親のお葬式の日に鹿児島へ帰ってきましたが、それ以外のことで鹿児島へ帰ってきたのは数回ではないかと思います。直範やわたしの結婚式にも出席していませんでした。三人兄妹ですが、なにかの行事があっても慎士だけが欠けていました。そういう慎士が五、六年前から、人が変わったように年に二回ぐらい鹿児島へくるし、電話をよこしていました。この絵を送ってよこしたのは、一昨年（おととし）でした」

千枝は壁に架かった絵に顔を振り向けた。

慎士が人が変わったように鹿児島を訪れるのには、なにか原因があるのではないか、と道原はきいたが、彼女は思いあたることはない、と答えてから、

「商売は順調だといっていましたから、気持ちの上で余裕ができたんじゃないでしょうか」

と、つけ加えた。

道原たち三人は、財部家を出ると船田慎士の身辺に通じているか、彼が鹿児島をはなれたころを知っている人たちをさがそう、と話し合った。

船田家は甲突町にあった。直範も慎士も千枝も、真面目な両親の許で育った兄妹であるらしい。

三人は、船田家の三兄妹が育った家の付近で聞き込みした。その結果、中学と高校が慎士と一緒だったという男に出会うことができた。鮫島栄六(さめじまえいろく)といって小規模の不動産会社の経営者だった。

鮫島は大学へすすんだが、

「船田慎士は高校を出ると、鹿児島市内の海産物を扱う会社に就職しました」

と、鮫島栄六は慎士の経歴を記憶していた。

「三年ぐらい前に、天文館のクラブで船田にばったり会いました。船田のほうも私を憶えていて、一緒に飲みました。話してみると船田と私は同じ商売をしていたんです。ビルやマンションなどを転売する事業です。同業とは偶然でした。その商売では私のほうが先輩だったので、飲みながらいろんなことを話してやりました。以来、年に一回は会って飲み食いをしていました」

当然だが鮫島は船田慎士が松本市内で殺されたのを知っていた。

「事件を新聞で読んで、飛び上がるほどびっくりしました」

「まだ犯人像も、殺害された動機も分かっていませんが、商売上のもつれではという説もあります。鮫島さんはどう思われますか」

道原は、頬の丸い赤ら顔の鮫島にきいた。

「商売の上でのトラブルはまったくないとはいえません。中古物件を買ったが補修費用がかかるので、その物件の値は高すぎた、などといったクレームをもらう場合があります」

鮫島は、「しかし」といって腕を組んだ。商売上のトラブルがあったにしても、殺人にまで発展するとは考えられないといった。

「とおっしゃると、個人的な恨み……」

道原がいうと、鮫島は下唇を軽く嚙んで、

「そうではないか」とやや曖昧な表情をした。

「個人的な恨みのタネが、鹿児島にありそうですか」

「刑事さんは、桜島へいかれましたか」

「いきましたが、船田慎士さんとは関係のないことで……」

「桜島に古里という集落があります。温泉があってホテルもあります。ホテルの近くには作家の林芙美子の文学碑と像があります。芙美子の母の故郷で、芙美子が六歳まですごしたところです。そこへいらっしゃると、なにかが分かるんじゃないでしょうか」

鮫島の言葉はなにかの暗示のようだった。なにが分かるのかときくと、

「桜島古里には何軒も家がないと思います」

そこへいってみることだと、彼は強調するようないいかたをした。

桜島の古里という集落を訪ねて、だれかに船田慎士の事件を話せば、事件発生に関するヒントでも拾えるということらしい。

「犯人が分かるということでは」

吉村は目を丸くしていった。

「鮫島という男は、船田慎士に関するデータを持っているようでしたね。彼の若いころのこと、つまり慎士が鹿児島にいた当時のことを知っているんじゃないでしょうか」

伊地知がノートにメモを取りながらいった。

朝方まで雨が降っていたようだ。薄陽があたりはじめた窓には雨滴が光っていた。けさは伊地知が運転する車ごと桜島フェリーに乗り込んだ。乗客の三分の一ぐらいが外国人だ。ソフトクリームを食べている外国人が何人もいた。

桜島へ着く前に陽差しが強くなった。海はキラキラと輝いた。

港から古里公園は近かった。石垣に［林芙美子文学碑］が埋め込まれていた。［花のいのちはみじかくて苦しきことのみ多かりき］と白い石に刻まれていた。本を抱え、傘を持った芙美子像が立っていた。道原たちのほかにはだれもいなかった。

古里温泉にはホテルが二軒あるが一軒は営業していないようだった。観光客は湯之平展望所から北岳の噴火口跡を眺めただけで帰ってしまうようだ。

きのう会った鮫島栄六という男は、古里を訪ねさえすれば、船田慎士のなにかが分かるというヒントをくれたが、道路を歩いている人の姿は目に入らなかった。

道路沿いに民家は何軒かある。どの家も長年の風雨に耐えてきたらしく古びている。壁や建具は、灰をかぶったようにくすんでいた。

一軒ずつ声を掛けたが、四軒目の福島という家でようやく応答の声をきいた。その声は年寄りの女性のようだったが、玄関の戸はなかなか開かなかった。呼ばれて返事をしたが、玄関へ出るのを忘れてしまったのではないか、と思ったところへきしみ音とともに玄関の戸が開いた。真っ白い頭をした老婆が這うようにして出てきた。「ご用はなんですか」と皺の寄った口でつっけんどんにきいた。八十をいくつかすぎていそうに見えた。もしかすると九十代かもしれなかった。

「古里で、船田慎士さんの名を出せば、なにかが分かるという話をきいたので、訪ねたのですが」

道原が老婆の耳に口を寄せた。

「フナダシンジ。そういう人はここにはおりませんよ」

「船田さんは鹿児島の人でした。ずっと前のことですが、ここへきたことがあったんじゃないでしょうか」

「鹿児島の人は、何人もきているが……」

「そうでしょう。ですが古里で、船田慎士といえば、なにかが分かるとききました。

なにが分かるのか、それも分かりません」

老婆は急に顔を起こした。

「あなたたちは、どういう方……」

先に名乗っていたが、老婆は忘れてしまったのか。

あらためて警察官だと名乗ると、

「警察の人が昼間から三人も、いったいなにがあったんです」

道原はもう一度、嚙み砕くように船田慎士という人のことをききにきたのだといった。

「フナダシンジって、きき覚えのある名です。ちょっと待ってください。いまに思い出すと思いますので」

なんとなく話が流れるようになった。

老婆は拝むように胸で手を合わせた。祈禱でも唱えそうだったが、目を閉じたり見開いたりしていた。

「思い出した」
十四、五分してからである。老婆は真っ直ぐ前を向いてはっきりした口調でいった。
道原たちは皺ぶかい老婆の口に注目した。

「うちの隣とその隣は空き家です。うちから三軒目の家の桑添(くわぞえ)という名でした。その家には、タキという器量よしの娘がいました。タキに会いにきていた男がいた。それがフナダという名字でした。どうしてフナダを知っているかというと、桜島が火を噴いて騒ぎ出したとき、フナダをうちへ泊めたことがあったんです。桜島の噴火がはじまると、近くにいた人も家のなかへ避難させる。フナダはこの近所を歩いているとき、噴火に出合った。どこかで転んだらしく手から血を流していた。その怪我の手当てをわたしがしながら、名をきいたんです。いまから三十年か、もっと前のことです」

「桑添さんに用事があった人が、どうしてお宅で……」

「桑添さんは留守で、戸が締っていたんです」

　船田は怪我の手当てを受けた家へ一泊して、氏名や住所を書いて帰った。次の日、桑添家へ寄るつもりだったが、その日もだれもいなかったという。

　何日か後、船田は、「先日は世話になった」と手みやげを持って福島家へ寄った。彼はこれから桑添タキに会うのだといった。桑添タキとは親しい間柄かときいたところ、船田はにっこり笑った。

　道原は老婆に、当時の桑添家の家族をきいた。タキには母親と妹がいた。父親は農業だったが、何年か前に病気で亡くなっていた。

船田という男が福島家へ一泊した二年後ぐらいに、桑添家の人たちは桜島を出ていった。

「どこへいったのか、桜島をはなれたのはまちがいないが……」

老婆は目になにを映しているのか、宙の一点をじっと見つめていた。もしかしたら桑添家のタキという名の娘の顔や姿を思い出しているのかもしれなかった。

第四章　山の名前

1

少なくとも三十年前、桜島古里に住んでいたが転居した桑添姓の家族の移動を、公簿によってさがしてもらった。

その結果、桑添君恵を世帯主とする家族が見つかり、君恵の長女の名は「タキ」だった。因に次女の名は「ハル」である。

この三人が鹿児島市南林寺町へ移転したのは三十五年前で、タキが十九歳、ハルが十七歳のときだった。

公簿にあった住所へいくと、三人の住んでいた家は取り壊されて四階建てのマンションになっていた。マンションになってから君恵、タキ、ハルの三人はそれぞれ一室を借りていたが、君恵は四年前に病死した。

桑添家の三人はマンションになる前の一軒屋に住んでいたことが分かったので、その当時を知る人をさがした。

一軒屋から一軒おいた家の主人が、三人が入居した当時のことを憶えていた。

「塀で囲んだ大きな家でしたが、前に住んでいた人が引っ越したらしく、その大きい家は空き家でした。その家へ、若いお母さんと器量よしの娘二人が住むようになりました。その家は火野さんといって、倉庫や駐車場ビルなどを経営している資産家の所有でした。マンションに建て替えましたが、それも火野さんの所有だときいています」

桜島から移ってきた桑添君恵は、天文館の料理屋に勤めはじめた。そのころの彼女は四十歳ぐらいだった。近所のある人は君恵のことを、「見るたびにきれいになっている」といった。

三人が塀に囲まれた家へ入居して半年あまりが経ったころ、「塀のなかから赤ん坊の泣き声がきこえる」という評判が広まった。塀のなかの三人のうちのだれかが産んだのではないかということになって、大きい家の前を通るたびに固く閉じている木の門に好奇の目を向けた。

君恵が産んだのではないかという人がいたが、彼女は昼少し前ごろになると門の横のくぐり戸を出てくる。下の娘は毎朝、学校へ通っている。子どもを産んだのは長女にちがいないという噂が流れた。赤ん坊の泣き声は昼間もきこえたが、長女は姿をあらわさなかった。

そのうちに昼間、くぐり戸を入っていく男の姿を認めた人がいた。「二十一、二歳のヤサ男だ」という人がいて、子を産んだ娘の姿よりも、昼日中、そっとくぐり戸を入っていく男の姿を見たいという人が何人もいた。「今度、その男の姿を見たらとっつかまえて、どこのだれなのかをきいてやろう」と息まく人もいた。

赤ん坊の泣き声がきこえはじめてからほぼ三年が経った。

古くなった木造の家を壊して、マンションを建てるという知らせが近所に伝えられた。

桑添姓の三人は、いや赤ん坊を入れて四人は人目を避けて深夜にどこかへ引っ越した。近所の人たちは、赤ん坊の泣き声をきくたびに、タキが抱いて出てくる場面を想像していたのだが、まるで夜逃げのようにいなくなった四人を恨んだ。

マンションは約一年で完成した。桑添姓の四人はもどってきた。君恵とタキとハルは、それぞれべつべつの部屋に入居したことが分かった。

ごくたまにタキが子どもの手を引いて外出する姿が近所の人の目にとまっていたが、赤ん坊の泣き声がするが、だれが産んだのか、と詮索したころのような好奇心はすでに失くなっていた。近所にはお節介な人がいて、タキが子どもの手を引いてマンションを出てくるのを待って、彼女に近づいて、子どもは男か女かを確かめた。女の子だと分かった。ただ性別を知りたかっただけだったのだ。

タキの子どもは幼稚園へ入った。明日美という名だと分かった。

世間の目の関心は、明日美がだれの子かということだったが、その関心も月日の経過とともに色褪せていった。

明日美が小学校へ入学する少し前ごろから、タキは服装をととのえて外出するようになった。地味な色のスーツやワンピースで出ていく。毎日出ていくことが分かったので、勤めているのだろうということになった。出ていくのが午後だから、普通の会社員ではなさそうだという人がいた。「水商売じゃないか」といった人がいたが、その推測はあたっていた。

タキは天文館のスナックに約三年間勤めたあと、同じ天文館でスナックをはじめたのだった。だれかの援助があってママになったのかもしれなかったが二十七、八歳で店を持ったのである。

自宅を出るときは会社員のような服装だが、店ではドレスに着替えた。ホステスを五人雇ったが、彼女らには目が覚めるような色のドレスを着させた。

しばらくするとタキがはじめた店の名は［ボルガ］で、店は繁昌していることが住まいの近所でも知られるようになった。ママは若くてきれい、ホステスたちも可愛いという評判で、客層は比較的若いということまで知られるようになった。

タキはお手伝いの女性を雇っていた。明日美の世話係である。食事をつくり、夕飯を一緒に摂って、勉強を教えさせた。

ときどき、ハルが夕食の席に一緒にすわることがあった。明日美はハルを慕っていた。ハルは大学を出て、保険会社に就職していたが、三十一歳で結婚した。相手は二歳上の会社員。その結婚生活は二年あまりで破綻した。

ハルは、五十二歳の現在も保険会社勤めをつづけている。結婚は一度の経験で懲りてしまったようである。

タキは五十四歳になった。桜島に住んでいたころ、彼女にたびたび会いにきていたらしい船田という男とは、その後も関係がつづいていたかどうか、彼女の身辺からは船田という名はきかれなかったという。

タキが経営している店のボルガのホステスのなかで、最年長のホステスを道原たちは呼び出した。客のなかに船田という人はいるか、あるいはいたかをきいた。三十半ばの面長のホステスは、「そういう名字のお客さんはいません」といった。ママとの会話のなかで船田という名をきいたことはないか、ときいたが、「ないような気がします」といった。

明日美は大学を卒業すると大阪の有名飲料メーカーに就職した。大阪に五年ほど勤務して、鹿児島支社へ転勤した。支社で約一年勤めたが、社風がなじめない、という理由で退職した。

退職すると天文館のクラブでホステスとして働いた。二十八歳だった。ほぼ一年経ったころ先輩ホステスと衝突した。先輩から客扱いについて注意されたことに腹を立てたようで、いい返した。その日に、「辞める」と尻まくりした。

道原たちは、タキの戸籍簿を閲覧したが、明日美の父の欄は空欄だった。つまり父親にあたる人が認知しなかったということだろう。

彼女の身長は一七〇センチ近い。色白でつり上がり気味の目は細い。趣味は、自称映画鑑賞だが、彼女から映画や俳優の話をきいたことがない、といわれている。映画を観にはいかないが週に二日はボクシングジムに通っている。サンドバッグに拳を打ち込んでいるより、リングで男性を相手に戦うのが好きらしい。女性の練習生とリングで戦ったことがあるが、相手は、「殺されると思った」といったという。

三十歳になった。たまに母のタキがやっているボルガを手伝うことがあったが、それは独立するための見習いだったことがあとで分かった。

彼女は、ボルガと同じ天文館で、ホステスを三人雇ってスナック「ゼブラ」を開いた。開店についてはタキの資金援助があったようだ。

明日美は水商売に向いていたようで、ゼブラは繁昌した。開店して五年経ったがクラブに格上げするという計画があって、目下、適当な店舗を物色中だといわれている。

道原たちは、タキよりも明日美に関心を抱いた。ゼブラへいけば明日美を見ることができるし会話をこころみることも可能だったが、そっと素顔を観察することにした。

明日美はスナック・ゼブラの経営者だが、毎日店へ出てはいないことが分かった。

道原たちが住所のマンションを張り込んでいて、夕方、彼女が出てきたので尾行した。彼女は白いTシャツにジーパンを穿いていた。その服装に似合うようにスニーカーを履き、白っぽい布製のトートバッグを肩に掛けていた。天文館のスナックに出勤する格好ではないように思われた。が、ゼブラのドアを肩で押して入った。それが午後七時だった。

約三十分後に彼女はTシャツ姿で店を出てきた。向かった先は西千石町のボクシングジムだった。ゼブラにはママがいなくても信頼して任せておけるホステスがいるということらしい。

それとも、店を開店させただけという明日美が気がかりで、タキやハルがゼブラのようすを見にきているということも考えられた。

三人は同じマンションに住んでいるのだから、おたがいの店の経営に関する話し合いをすることもあるだろう。

もしかするとゼブラの実質的経営者はタキなのではないか。タキは明日美には店を任せられないので、大ママとして実権をにぎっているということも考えられる。ゼブラをクラブにするという計画があるというが、これもタキの案なのではないか。彼女はボルガを経営して経験と実績を積んだ。クラブにするとホステスをいまの倍以上の数雇う必要があるが、客を招く自信があるのだろう。

2

桑添タキと娘の明日美、そしてタキの妹ハルについて調べたが、松本市内で船田慎士と三池かなえを殺した犯人を割り出すヒントをつかむことはできなかった。

宮坂刑事課長は電話で、「いったん帰ってきたらどうだ」といった。

鹿児島では、事件に直接結びつかないようなことを調べているようで、道原も忸怩たる思いを抱いてはいた。

いったん帰署するにしても気になる男がいるのだった。金武咲人だ。彼は幼いころの秘め事が忘れられないからか、七つ歳上の野山若葉を追いかけるようにして東京から松本へと移り住んでいた。だが彼女は彼に会おうとはしなかった。彼女は彼の接近を拒むよう住所を移動していた。が、鹿児島市内の野山家が火災に遭った。放火の疑いが持たれている。彼女に会えない腹いせに、咲人が火をつけたのではないかと道原は直感した。

帰署する前にもう一度、咲人に会うつもりで、自宅を訪ねた。と、自宅は固く戸締りされ、玄関ドアに紙が貼られていた。電話番号が書いてあって、「お急ぎの方はこの番号へ」としてあった。

道原はノートを開いた。そこには咲人の姉である彩加の電話番号が記してある。その番号とドアに貼ってあるメモの番号が同じだった。彩加の番号が書いてあることからなにかの異変を感じたので、その番号へ掛けた。

呼び出し音が七回鳴って彩加が応じた。

「なにか変わったことがありましたか」

道原は呼び掛けた。

「あ、刑事さん」彩加はそういってからひと呼吸おいた。「母が倒れました。それでわたしが、お店へきているんです」

彼女のいう店というのは天文館の「愛花（あいか）」というスナックだった。母の玉緒がやっていたのだ。ホステスが三人いるので、いまその人たちと話し合いをしている最中だという。

彩加は、昼間は会社勤めをしていて、夜はやはり天文館のスナックでアルバイトをしていた。したがって水商売には慣れていた。

母親が店をやっているのに娘の彩加はべつの店でアルバイトをしていた。アルバイトは母の店でもよかったのだが、母に修業してこいといわれたということだった。

「咲人さんは、お母さんのことを知っていますか」

道原がきいた。

「病院で母に付添っています」

家族がばらばらで、それぞれが勝手なことをやっているようにみえたが、一大事が起きたことから家族が足並みをそろえたのではないのか。

一日中、会社で鉄の板を叩いているという咲人の父の秀康はどうしたのか。仕事が終われば酒を飲んでいるという彼だが、きょうはどうしているのか。

道原は玉緒がかつぎ込まれた病院をきいた。咲人に会いたいのだ。彼は家を焼かれた野山若葉に会うことができたのだろうか。

金武玉緒が入院した病院は甲突川左岸近くだった。駐車場には車がぎっしり入っていた。救急車が近くまできてサイレンを消した。怪我をした人を運んできたらしい。

受付で病人の名前をいうと、「五階の集中治療室の近くに、ご家族の方がいらっしゃると思います」と教えられた。

五階の廊下の空気はひんやりしていた。廊下の長椅子に男が二人俯いていた。一人は咲人だとすぐに分かった。道原たちが近づくと咲人は立ち上った。彼は白髪まじりの頭の男を、「父です」といった。父といわれた男は舟を漕いでいた。

「お母さんの容態は」

道原がきくと咲人は頭を下げてから、

「心配なんです」

といった。

　玉緒は脳出血で倒れたという。彼女は店へ出るつもりでタクシーを呼んだ。両手に荷物を持ってタクシーに乗ろうとしたところで倒れた。タクシーの運転手が救急車を呼び、救急車の後を尾けた。彼女のスマホから彩加と咲人の電話番号が判明し、二人とは連絡が取れた。彩加は父の秀康に玉緒の入院先を伝えた。

　玉緒は昏睡状態がつづいているという。

　この病気は、昏睡状態を脱しても、半身不随などの後遺症が残ることが多いときいたことがある。咲人の心配はそれを指しているのではないか。

　居眠りをしていた秀康が目を開けた。咲人が三人を刑事だと紹介した。秀康は立ち上って頭を下げたが、なぜ刑事が会いにきたのかという顔をして、咲人と道原たちを見比べていた。

　道原は低い声で、若葉に会えたのかと咲人にきいた。

「いいえ。彼女も家族も、どこかへ避難しているようです」

　避難先が不明なのだと咲人の顔はいっていた。

　道原は、自ら話そうとしない咲人の顔をじっとにらんでいた。咲人は、松本市内で発生した船田慎士と三池かなえの事件でアリバイを疑われた男である。嫌疑が完全に晴れたわけではないが、事件に直接からんではいないようだ。

道原たちは野山若葉の実家の火災を知ったので鹿児島へやってきたのだった。野山家を焼いたのは咲人ではないかと勘繰ったのだ。

鹿児島でなにかが起こりそうだという予感はあったが、帰署することにした。乗り継ぎの時間にロスが出ない便を選んだつもりだったが、六時間あまりを要した。

松本署に帰り着くと宮坂課長に、鹿児島で調べたことを細かく報告した。桜島の湯之平展望所で、いつ火を噴くかと思われる噴火口壁を仰いだことも、仙巌園と尚古集成館を見学し、南洲の墓に合掌したことも話した。

「ブタしゃぶを食べたか」

課長はなんでもお見通しだった。

以前、桜島に住んでいたが、現在は鹿児島市南林寺町のマンションに住んでいる、桑添姓の家族のことを報告すると、課長は首をひねりながらメモを取った。鹿児島で道原と吉村が会った人たちのなかでは気になる家族だと思ったようだ。

課長がもっとも関心を強めたのは、財部家へ嫁いでいる船田慎士の姉・千枝の話だった。

千枝の父の兄に船田寅次という人がいた。寅次は鹿屋基地所属の特攻隊員の一人だった。片道の燃料の戦闘機に爆弾を積んで、敵の軍艦に体当たりして散る隊員で、十八歳。

寅次は昭和二十年七月、鹿屋基地から南方の海へ向かって飛び発った。基地勤務の隊員や後続の特攻隊員に見送られたにちがいなかった。彼は帰ってこなかったから敵艦に体当たりの任務を果たしたものとして、戦死の公報を家族に送った。

何か月か経ったある日、彼の両親に一通の手紙が届いた。寅次が送ったもので、その文面は暗号のようだったが、家族には意味が理解できた。彼は四国の山中で生きているとあった。意味を理解した家族は仰天した。戦死の公報とその手紙を見比べたことだろう。

宮坂課長は指を折った。

「昭和二十年に十八歳だった人。船田寅次という人は、いまも生きているんじゃないか、伝さん」

「えっ、生きているのではと……」

道原も寅次の歳を数えた。九十一歳になる。

「千枝という人は、寅次が両親に宛てた手紙の文面は、暗号のようだったらしいといっているが、じつは、居場所などが分かるような内容だったんじゃないか。寅次は公の場所へ出ていくわけにはいかないので、両親に救助要請をしたのかもしれないよ」

生きていたとしたら考えられることである。

道原たちは千枝の話を振り返った。彼女は、寅次から両親に宛てて暗号のような手紙が届いた、といっただけだった。寅次は生きるために規則を破り、上官を欺いたのだ。手紙では四国の山中にいるということだったが、手紙を投函できるところまで下ってきたということなのか。現金は持っていなかったと思われるが、はたしてどうだったろうか。

寅次は基地を飛び発つ前から、人里はなれた日本のどこかへの不時着を計画していたかもしれない。

彼は特攻隊員として敵艦に体当たりし、自爆して、軍神といわれて崇められなくてもよかったのだ。一時は軍神になりたかったし、自分の死が国のためになると固く信じていた。だが、いざ死ぬと決められると、からだの隅々に生への執着がしがみついていることに気づいた。あるいはやりたいことがあった。それと、自爆することで国が救われ、両親や家族が安泰な暮らしをつかむことになるのかと考えたとき、それはまちがいであって、危険な方向へすすんでいることに気付いた。だから文字どおり方向転換を考えた。

「伝さん。殺人事件の捜査に背くようだが、船田寅次は生きていることも考えられる。亡くなっていたとしたら、死ぬまでなにをどうしていたかを調べてみたいが、どうだろう」

「私もそれを知りたいです。財部千枝は、船田家の凶事の原点は寅次だといいたそうでした。寅次がどうなったのかの調査は事件捜査です」

道原はもう一度、財部千枝に会いたくなった。彼女が通した応接間には前穂高岳を描いた油絵が飾られていた。

彼女は老舗蒲鉾店の大奥さまにおさまっているが、兄と弟が不慮の死をとげたことから、暗い影を背負うことになった。

兄直範は酒を飲んで海に浮いていたことから、事故との扱いを受けているが、その見方は怪しい。いや、事件ではとみる向きはいただろうが、彼の背景に不審を抱かせる材料がなかった。

3

道原と吉村はふたたび財部家を訪ねて千枝に会った。

長野県の刑事が二度訪れたので、千枝は目を見張り、眉間に皺を彫った。彼女は用件をきかず、「どうぞ」といって応接間へ通した。道原は壁の山の絵を挨拶するように見つめてから、ソファに腰を下ろした。

千枝はきょうも慣れた手つきでお茶をいれた。彼女はお茶をいれながら、刑事の用向きは、松本市内で殺された船田慎士に関することだろうと想像していそうだ。

彼女は刑事にお茶を出してから、ゆっくりとした動作で椅子にすわった。

「きょうおうかがいしたのは、寅次さんの件です」

「寅次の……」

予想外だったようで、彼女はまばたきしながら、刑事の表情をうかがう目をした。

「鹿屋の基地を飛び発った特攻隊の寅次さんでしたが、敵の軍艦に体当たりしなかったということでしたね」

道原は彼女の緊張を解くように頰をゆるめた。

「そうでした。両親は戦死の公報を受け取っていたので、寅次からの手紙が届いて、狐につままれたような気分になったのだと思います」

「あなたは、寅次さんの手紙をご覧になりましたか」

「いいえ。わたしが生まれる前のことですので」

「亡くなったという話でしたが、それはどなたの話ですか」

「寅次のいちばん下の妹の話でした」

道原は千枝に推測を話した。——寅次は特攻機で鹿屋基地を飛び発った。何人かに手やハンカチを振って見送られた。彼は前の日に、敵艦に体当たりしない計画を立てていた。どこへ引き返すかを日本地図を見て考えた。沖縄が近そうだったが、住民のすべてが殺されるか自決するという話をきいていた。彼は不時着地を四国に決めた。愛媛県の山の中を選んだ。

不時着は成功した。すぐさま必要なものは食料だった。二日や三日は、木の葉や草を噛んですごせるが、その先は飢えとのたたかいが待っていそうな気がした。

二、三日歩くと海が見えた。その間、人影を目にしなかった。四日目ぐらいに人に会った。冬にそなえ薪を集めている女だった。彼はその人に事情を話した。飛行機が故障して操縦不能になって、山中に不時着したと。

彼のいったことを信用したその人は、彼を家へ連れていき、メシを食べさせてくれた——

「父親は寅次のことを恥ずかしいといって、四国にいることが分かっても、会いにはいかなかったということです」

「寅次さんは、四国のどこにいたんですか」

「宿毛（すくも）というところだったそうです」

高知県の南西部だ。

「職業に就いていたんでしょうか」

「漁師として、六十半ばまで船に乗っていたそうです」

戦後、何年か経ってからだが、寅次の妹が彼の住所を突きとめて、会いにいった。そのときは逞（たくま）しい漁師になっていて、『おれがもし敵の軍艦に体当たりしていれば、敵のほうも何人かの犠牲者を出していただろう。おれは殺し合いが怖かったんだ』と語ったという。

寅次は、国と家族を裏切った人間だった。それを承知していたからか、鹿児島へは一度も帰らなかった。

彼の実家の仏壇には、寅次の位牌がおさまっている。菩提寺の墓の墓石には船田寅次の名と出撃した日が刻まれている。

道原と吉村は、寅次という人の生涯をきいた。

――宿毛の一軒の農家に世話になった寅次は「朝井一郎（あさいいちろう）」と名乗った。最初に彼にメシを与えた家の紹介で漁師の家に落着くことになった。

和山(わやま)というその家は夫婦と娘二人。主人は船を一艘所有して、近海で漁をしていたが、六十歳近くになって足腰が弱り、漁を休む日があった。娘は三十三歳と二十八歳。家事と父の仕事の手伝いに追われていたし、ごくたまに父と一緒に船に乗る日もあった。

農家の世話で朝井一郎は和山の家で一部屋を与えられ、漁師の見習いをはじめた。

主人の和山は、特攻隊員だったという朝井一郎に興味を持った。敵艦に体当たりして死ぬはずだった人間だというので、飛行機が山中へ不時着するまでの経緯をさかんにきいた。船で漁場への往復や、家のいろり場でも朝井に質問をぶつけた。そのうち朝井の話に矛盾を感じたらしく、『おまえ、ほんとうは、死ぬのが怖かったんじゃないのか』といわれた。図星だとは答えられないので、『死にたくないという気持ちが少しはありました』とつぶやいた。その言葉をきいて和山は、『あたりまえだ。特攻隊員のなかに、死にたくてしようがないなんていう者は一人もいなかったはずだ』といって笑った。

和山に漁を仕込まれて三年経った。朝井は一人前の漁師になって、市場でも顔と名を覚えられた。

ある日、和山夫婦から、上の娘と一緒になる気はないかと打診された。上の娘は三十六歳だった。下の娘は二十九歳のときにミカンの缶詰工場の従業員と結婚して、家を出ていった。

朝井は俯いて上の娘の年齢を考えていた。が、和山夫婦の話を断わるわけにはいかなかった。

結婚となると戸籍の問題がある。そこで寅次は偽名を使っていたことを打ち明けた。本名を打ち明けたところで、入籍のために国元に連絡して戸籍を取り寄せる手続きは、船田家に恥をかかすことになるので、入籍しないことにした。

寅次は、朝井一郎のままで九十年の生涯を閉じた。戸籍上の手続きをとることはできなかった。

和山家は親戚から男の子を養子に迎えた。朝井一郎の妻になった和山家の長女は子どもを産まなかったのである――

道原は、船田寅次の数奇な生涯を宮坂課長に報告した。

「寅次は、偽名の朝井一郎になってからの生涯のほうが長かったわけだ。さまざまな事情から本名を隠したまま亡くなる人はほかにもいるだろうが、本名を隠すことになったきっかけは深刻で複雑だろうね」

課長は、寅次の生涯を想像しているようだった。

道原たちは、家を焼かれた野山家の人たちが避難しているところを訪ねた。小さな一軒屋だ。そこには蒼(あお)い顔をした若葉がいた。

彼女の父親の徳三郎は食道がんの手術を受けたが、その経過がよくなくて床に伏していた。家が火災に遭ったことから病状がなお悪化したために入院したという。

若葉の兄の松一郎は桜島フェリーの乗員で、自宅が焼けたが、幾日も会社を休んではいられないといって、きょうは出勤したという。

「顔色がよくないが、体調は……」

道原が若葉にきいた。

「大丈夫です。食欲がないだけ」

道原が、実家の火災を知って駆けつけたのだろうが、それを機に鹿児島へもどったようだが、ときくと、彼女は、「そうです」と答えた。

彼女は迷う表情を見せたが、二人の刑事を和室へ通した。

「あなたは松本では、男性と暮らしていた。その人と一緒に鹿児島へきたんじゃないのですね」

「彼とは、別れたんです」

彼女は、一拍おいてから答えた。

「どうして……」

「何か月も前からわたしは鹿児島へもどりたいと思っていました。それを彼にいいましたら、反対しました。その理由のひとつは、会社を辞められない。辞めたら再就職がむずかしいからといいました。そのとおりだろうとわたしは思いましたけど、鹿児島へもどりたいという気持ちは変わりませんでした。それと……」

彼女は言葉を途切らせた。

「それと……」

道原は話の先を促した。

「約束どおりの生活費を入れてくれなくなっていました。サラリーマンなのに、今月はピンチなんだとかいって、一万円しか出さなかった月がありました。それを見てわたしは、潮時を感じていたんです」

「きっぱりと別れてきたんですね」

「別れてきました」

「金武咲人さんは、あなたに会いたくて追いかけていた。あなたは彼を嫌っていたようでしたが、どうしてですか。会うだけならどうということはないと思いますが」

彼女は首を振った。肩まで揺らした。

「会えば、彼がなにかをするということですか」

彼女は膝の上で両手を固くにぎった。

「知られたくなかったんです。いいえ。知っていたから追及するにちがいないと思ったからです」

「どういうことか分かりません。正直に話してくれませんか。犯罪とは関係がないことでは」

彼女は膝を動かしてすわり直した。いいにくいことを話すようだった。

「わたしは罪深いことをしていました」

彼女は謝るように手を合わせた。

道原は、どんなことをしていたのかと首をかしげた。

「わたしは、咲人の姉の彩加が付合っていた人と、一緒になっていたんです」

同棲していた男性を指していた。

「彩加さんはその男性と進行中でしたか」

「そうです。わたしが奪ったんです」

「彩加さんは、それに気付きましたか」

「彼女と話をしていないので分かりませんが、気付いていると思います。……わたしは電話番号を変更したし、住所を移ったのを彼女に連絡しませんでした。勘の鈍い人でも、わたしが急に連絡をしなくなった理由を知ったと思います。彼も彩加との連絡を絶ったんですから」

「咲人さんは、それを知っていたでしょうか」

「知っていたと思います。咲人は、わたしを追及するために追いかけているんです」

道原は、そうだろうか、というふうに首をかしげて見せた。

咲人は、彼女がいう罪深い行為を知らないような気がする。しかしいずれは知ることになるだろう。そのとき彼はどういう出方をするか、若葉はそれを恐れていたのではないか。

咲人は、若葉が鹿児島へもどったことを知っただろう。彼は近々、彼女が避難しているところを訪ねてくるような気がする。二人はどんなことを話し合うのか。若葉は、かつて彩加の恋人だった男と一緒に暮らしていたことを、咲人に話すだろうか。いや話さなくてはならないだろう。

彩加と若葉の間柄はどうなるのか。二人の関係は修復されないような気がする。

4

金武咲人の母・玉緒が倒れたことから、彼女がやっていた店をどうするかを、姉の彩加は、玉緒が使っていた三人のホステスと話し合った。

三人のうちでもっとも古株がママの代理をつとめてはという案が出たが、彩加が店を継ぐべきではないかという案も出て、三人のホステスはそれに賛成した。彩加は、「咲人にも店を手伝わせる」といった。

店の名は［愛花］で、盛り場の天文館にある。天文館でも一等地とそうでない一角があって、愛花の場所は一等地でないが客の入りはいい。それは玉緒の太っ腹の人柄が多くに好かれていたかららしい。

彩加は玉緒のようにはなれないので、ママの代理をやることに二の足を踏んだようだ。

彩加は、昼間は不動産会社に勤め、週に三日、天文館のスナックでアルバイトをしていたが、両方を辞めて愛花の経営一本に絞った。そして彼女は咲人を使うことにした。彼には店の清掃と食器洗いなどをさせ、ホステスには水を使わせないことにした。

彩加は毎日、店に出ているが、カウンターのなかで客が注文する酒と簡単な料理をつくったりしている。服装は地味だ。客に呼ばれれば客の前へ立つし、ボックス席へいくこともある。

道原は、伊地知を誘って愛花へ飲みにいった。表通りから路地を入った古いビルの二階だった。午後八時すぎだったが、ボックス席とカウンターに二人連れの客が入っていた。

道原たちは前に彩加に会っているので、彼女はカウンターのなかからにっこりとした。だが三人が刑事だったことに気付いてか、すぐに真顔になった。彼女は道原たちが咲人を追いかけていたのを知っている。

三人ともビールを頼んでから、

「ママも一緒に」

道原がいうと、彼女は、「まだママじゃない」というふうに首を振ったが、笑顔になって、道原のビールを受けた。

「お母さんの具合は、どうですか」

「ありがとうございます。けさ、意識がもどりましたけど、会話はできませんでした」

「どんなふうなんですか」

「なぜ病院にいるのかって、ききました。意識を失ったときのことを憶えていないようなんです。天井を見ているだけで、会話をしようとしません。わたしの顔をぼんやり見ていましたけど、咲人が近寄ると、彼に向かって腕を伸ばしました」

咲人はいまも病院へいっているという。

「お父さんは、病院へいきましたか」

「きのう、いったということですけど、一言も話さなかったといっていました」

四人連れの客が入ってきて店は急ににぎやかになった。この店は玉緒がいなくてもやっていけそうだった。

宮坂課長から道原に電話があって、きょうの捜査会議では船田慎士と三池かなえ殺しの関係者は、松本以外の土地にいるのではないかという意見が出た。道原はそうは思わないかと課長にきかれた。

道原は何日か前から、事件の根もとは鹿児島にありそうだとみていた。六年前に船田直範が変死をとげている。事件性が考えられたが証拠がないところから、酒に酔って海に転落した事故として処理されているが、捜査にあたった者は苛々を募らせているという。

伊地知は、船田直範の弟が松本で殺されたことから、直範の事故はやはり事件ではとみるようになったといった。

「松本で船田慎士を殺した犯人は、彼をナイフでひと突きしただけでしたね」

伊地知は、道原と吉村の顔を見ていった。

「そのとおりです」

道原が答えて伊地知の顔に注目した。

「犯人はひと突きしただけで去っていったというところから、加害者と被害者のあいだには、怨恨の思いが存在しないような気がしますが、どうでしょうか」

「私もそれを考えています」

船田慎士は松本市で裏町と呼ばれている一角のスナックで軽く飲んだ。外は雨だったので閉まっている商店の軒先へ入った。タクシーを拾うつもりだったろうと推測されている。とそこへ、帽子をかぶった男が船田に近寄り、正面から彼の腹へ腕を一回だけ伸ばした。道路の反対側で雨やどりをしていた二人がそれを見ていた。

船田の腹へ一回だけ腕を伸ばした男は、すぐにその場からはなれた。船田は腹を押さえてしゃがみ込んだ。それで、彼に正面から近寄った男が腹をひと突きしたことが分かった。

船田の腹をナイフで刺したのが何者で、なんのためにナイフを使ったのかは分からないままである。

いま伊地知が、加害者と被害者のあいだには、怨恨の思いが存在しないようだというのは、相手が憎くて刺したのだとしたら、二度、三度と突き刺しそうなものというのだった。つまり犯人は、無表情で船田に近づいてひと突きすると、さっとその場からいなくなった。船田がはたして事切れたかも確かめなかった。それと犯人は、相手が船田慎士であるのを知っていたにちがいない。船田慎士の腹にナイフを一度だけ打ち込むだけの役目。そうだとすると、船田に恨みのある者から依頼を受けたということになりそうだ。

道原の耳朶には、ある人の言葉がこびりついている。それは桜島古里の福島という家の老婆の話である。

老婆の家の近所には桑添という家があって、そこには器量よしのタキとハルという娘がいた。鹿児島からタキに会いにくる男がいた。タキより歳がいくつか上の船田という名だった。

桑添姓の家族は鹿児島へ転居したことから、古里の人とは音信がなくなった。

桑添家の三人は鹿児島市南林寺町の高い塀がある家へ移転したのだった。そこで半年あまり経ったころから赤ん坊の泣き声が塀の外へ漏れるようになった。やがて、赤ん坊を産んだのはタキだということが近所に知られた。その前に、昼間、タキを訪ねているらしい男の姿が近所の人たちの目にとまっていた。その男が出入りしていた期間は短くて、人びとの印象には濃く残らなかった。

道原は桑添タキの公簿を思い出した。彼女が産んだ明日美には戸籍上の父がいない。

「彼女たちが桜島に住んでいたころ、タキに会いにきていたらしい男の名字は船田だった。船田という姓は多いほうじゃないので、その男は船田慎士だったことも考えられる」

道原がいうと吉村は、慎士の兄の直範だったかもしれないといった。

「そうだな。二人は七歳ちがいだった」

直範か慎士のどちらかだという可能性はあるが、タキの産んだ子を認知しなかった。タキが出産したころの直範も慎士も妻帯していなかった、兄弟のどちらかがタキと結婚してもよかったと思うが、それができない事情でもあったのだろうか。

タキは妊娠した段階で、船田との結婚を考えた。これは当然なことである。母の君恵に打ち明けたにちがいない。が、結婚を反対したのが君恵だったとも考えられる。

船田は君恵に気に入られなかったのではないか。『あの男と夫婦になったら、不幸を背負うようなものだ』とでもいったのか。しかしタキは子どもを産んだ。彼女は子どもを育てたかったにちがいない。

道原たち三人の話は、三池かなえの事件に移った。鹿児島市出身の彼女は、松本市裏町のピンクベルというスナックに勤めていて、その店からの帰りの六月三十日、午前一時すぎに殺された。ナイフで腹をひと突きされ、そこからの出血が死因だった。

彼女は昼間、松本城近くの洋品店に勤めていて、毎週月、水、金の夜七時からピンクベルでアルバイトをしていた。

彼女は長身のほうだし、やさしげな顔立ちからピンクベルの客に好かれていた。彼女に惚れて繁く店へ通う客もいた。

船田慎士がピンクベルへいっていたことが、彼女が保管していた名刺で分かった。

ピンクベルのママは船田慎士を知っていた。

『ここ一年のあいだに何人かと一緒に五、六回お見えになったお客さんです』とママはいったが、かなえを好いていたようだったかときいたところ、『かなえが船田さんのお席についていたことは知っていますけど、特別親しい間柄ではなかったと思います』

船田は酒場での態度を心得ていて、好きなホステスがいても、それをあからさまには見せなかったのではないか。

道原たちが三池かなえに関することを話し合っているところへ、宮坂課長が電話をよこした。

かなえの日常を聞き込みしていたシマコたちが、価値のある情報を仕入れてきたという。

「伝さん。かなえと船田は特別な間柄だったんだよ」

課長はそういってから咳をふたつした。

「なぜそれが分かったんですか」

「以前、ピンクベルに勤めていた女性は、かなえと仲よしだった。その女性はかなえに、鹿児島の人がどういうきっかけで松本へきたのかをきいた。するとかなえは、鹿児島出身のある人から、松本へこないかと誘われたといったんだ。かなえは、『ある人』といったが、その女性はたまに店へくる船田が、鹿児島出身だということを知っていたので、『ある人って船田さんでは』ときいた。するとかなえは、『じつは船田さんなの』と白状した。かなえは船田慎士のことを、『とてもよくしていただいているの』といったというんだ」

かなえは船田とどこで知り合ったのか。

彼女は鹿児島にいるころ、天文館のスナックでアルバイトをしていた。その店へ船田が飲みにきた。彼は松本に住んでいるといって、北アルプスの山名を挙げて、登った山の話を熱心に語った。かなえは雑誌に載った北アルプスの写真を切り抜いていた。日本には富士山以外にも美しい高い山があって、毎年大勢の人が登っているのを知った。そして、一度は、穂高岳や槍ヶ岳を直に眺めたかった。初秋になると山の紅葉の写真が新聞に載ったし、雑誌の巻頭を飾った。紅い葉の上にうっすらと雪がのった写真を見たこともあった。

そういう山へ登ったことがある人が、アルバイト先の店へ飲みにきた。船田慎士だった。彼が登ったことがあるといった山の名前は彼女が雑誌で読んだ覚えのある三千メートル級の山だった。彼は登ったことのある山へのコースのもようを詳しく話した。初めての人でも登れると彼がいった山もあった。

船田が山の話をしたのは、店へ初めてきたときだったが、彼の山の話を熱心にきいたかなえのことが印象に残ったらしく、一か月後にまた店へやってきた。そのとき船田は、『山を眺めるだけなら松本市内からでも』と語った。『松本へきてくれれば、いつでも北アルプスを眺められる公園へ案内するよ』といった。それをきくとかなえは次の日にも松本へいってみたくなった。『電話をしてもいいですか』かなえは船田にいった。『いつでもいいですよ』船田は紳士的だった。

夏の終りが近づいたころ、かなえは松本の船田に電話を掛けた。彼が憶えてくれているかが不安だった。彼は明るい声で、『元気ですか』といった。

彼女は、憶えていてくれたのを知ってほっとして、『高い山を見にいきたいのですが、いいですか』と、都合をきいた。

『どうぞ、いつでも』彼はうれしそうだった。羽田を降りてからの交通の便を彼は丁寧に教えた。かなえは中学の修学旅行で東京へいったが、松本は知らなかった。

電話をした一週間後、かなえは松本へ向かった。新宿から特急で約三時間で松本に着いた。松本が近づいたとき、朝発ってきた鹿児島の街の風景が頭に浮かんだ。それが郷愁であるのをのちに知った。

5

三池かなえは五年前の九月、初めて松本を訪ねた。

その日は好天で、列車の窓から左にも右にも高い山が見えた。鹿児島からは毎日、桜島を目の前に見ていたが、桜島よりずっと高い山が鋸歯状に連なっている風景を見るのは初めてだった。山腹には雲の影が映っていてか、ところどころが黒ぐろとしていた。

かなえは、朝、鹿児島空港から船田に電話した。羽田空港に着くとまた電話した。新宿から乗った特急列車が甲府をすぎたところでまた掛けた。船田は松本駅の改札口にいるといった。彼女の胸は早鐘を打っていた。彼の案内で北アルプスを眺めにやってきたのだが、胸のなかはざわつき額は熱をもっていた。

松本駅の改札口で船田は手を挙げてかなえを迎えた。彼女は彼の腕のなかへ飛び込みたい気持ちを抑えた。

駅前のロータリーを囲んでいる五、六階建てのビルはきれいだったし、「楽都」「学都」「岳都」と黒い字で彫られた時計塔は目を引いた。

彼は駅の近くのカフェへ案内した。その店には山を下ってきたらしい服装の男女の客が何人もいた。

『長旅、ご苦労さまでした』彼は白いコーヒーカップに指をからめて目を細くした。『きょうは信州の料理を食べて、あしたは山を見にいきましょう』

彼は笑顔を絶やさなかった。かなえは船田を、若い女を弄ぶ男ではなさそうだと観察した。五十歳ぐらいだがこれまでに恋愛経験がなかったようにさえ見えた。

彼女は彼に、『ご家族は』とききかけたがやめにした。深刻な話をしないで、ただ楽しむことだと自分にいいきかせた。

『信州は馬肉が名物なんですが、知っていましたか』彼がとってくれたホテルから歩いて五、六分の料理屋に入ると彼がいった。

かなえは馬の肉を食べた記憶はなかった。信州では鹿児島のようにブタ肉を出す店は少ないという。

中型の皿に赤い肉が盛られていた。ブタ肉とは色が異なっているように見えた。その肉を擂ったショウガとニンニクの醬油につけて食べるのだと彼はいって、率先して赤い肉を食べて見せた。かなえは恐る恐る生の肉を口に入れた。歯ごたえがあってそれまで食べたことのない味の肉を嚙んだ。

船田は、『昔の信州の人たちは……』といいかけて口を閉じた。なにをいおうとしたのか、彼は首を横に振った。食べ物のことらしかったが、初めて食事をともにする相手にはふさわしくない話題だと気づいたようだった。

かなえは日本酒が好きだが、自重して一合程度にした。メニューを見てオーダーしたのは山女の塩焼きと五平餅。この選択ははずれていなかった。

船田は、かなえに北アルプスの眺望を堪能させる場所を考えたようだったが、『上高地へいきましょう』と、翌朝、ホテルへやってきていった。上高地はかなえにとっては憧れの場所だった。雑誌にはそこの清らかな風景がたびたび登場していたからだ。

『わたし、山に登る服装をしてきていません』

彼女は、朝のコーヒーを一口ふくんだ。

『上高地は川沿いの平坦なところですから服装の心配をしなくても。きょうも天気がいい。穂高がよく見えるでしょう』

船田は満面に笑みをたたえた。上高地へいくのを彼のほうが楽しんでいるようだった。

二人はタクシーに乗った。このうえない贅沢をしているような気がした。青い水をたたえているダムをいくつも見て車は少しずつ高度を上げていた。ダムは梓川の水をためているのだと彼は説明した。

大正池で車を降りた。写真で見たことのある立ち枯れた木の風景が目の前に広がっていた。倒れかかっている木もあってそれが神秘と静寂を誘っていた。ただれた山肌を見せてそそり立っているのが焼岳（やけだけ）だと教えられた。

上高地帝国ホテルの前を通って、川音をききながら歩くと、絵で見たことのある橋があらわれた。河童（かっぱ）橋だった。橋の上には高いところを眺めて動かない人が何人もいた。穂高を仰いでその偉容さに圧倒されているのだった。

かなえも橋の上で身震いした。山頂付近は風が強いらしく、流れてくる雲が岩峰に裂かれてちりぢりになっていく。梓川の上流に目をやると白い石河原に動いているものがいた。しばらく見ていてそれは鹿だと分かった。

約一時間、梓川を遡（さかのぼ）って明神（みょうじん）へ着いた。川を渡ると箱庭のような池があった。水の澄んだ池には魚が泳いでいたし、水鳥が遊んでいた。

かなえは絵本を見ているような一日をすごした。

『松本は全国でも晴天の日が多いところだよ』

船田は車のなかから空を指した。

かなえは、ここに住んでみたいといった。

『そう思ったんなら松本へきたら、どう』

船田はそういって彼女の手をにぎった。彼の手は厚くて温かかった。

かなえは鹿児島へもどってから、日に何度も上高地での風景を思い出した。澄みきった空を白い雲が流れてきて、穂高の頂でちぎれていくさまを思い出した。当然だが写真や絵で見ているよりも現実は鮮明で厳しさがあった。日曜の朝、両親と兄夫婦が食卓にそろったとき、かなえは、松本で暮らしたいと話した。

『そんな遠いところへ。山や川を見たくなったらまたいってくればいいじゃないか』

両親と兄は頭から反対した。

食器を洗っているかなえに兄嫁がそっと、

『松本か安曇野に住めたら、最高ね』とささやいた。彼女は結婚の前の年に、安曇野、松本、新穂高へ旅行した。そこで印象に残ったのは松本の町角にある井戸だった。井戸で汲んだ冷たい水を飲みながら、『町角で水を飲めるここに住んでみたい』と一緒に旅をしている人たちにいったという。

かなえは船田にメールで、『松本市内には飲める水の井戸があるそうですが』ときいた。

『あります。私は毎朝、井戸の水を飲んでいます』

松本には井戸があることをいいそびれた、と彼から返信があった。

それは穂高の雪を解かして、何十日、いや何百日もかかって地下をくぐってくる水にちがいなかった。

数日後、かなえは、『松本で暮らしたいのです』と船田にメールを送って、ふたたび飛行機に乗った。住むところをさがす旅だった——

これらは、かなえがピンクベルの同僚である榎本その子に語ったことだった。

かなえは松本で住みはじめると、地元新聞に載っていた募集広告を見て、松本城近くの洋品店へ就職した。その店に約一か月勤めてから裏町のピンクベルでホステスとして働いた。

松本署のシマコたちは榎本その子の都合を打診したうえで会いにいった。彼女は色白の丸顔で、眉を細く長く描いていた。かなえと同い歳ぐらいではと見ていると、

『かなえさんよりわたしは一つ上でした』といって、クリーム色のシャツのボタンをまさぐった。

『かなえさんが、「船田さん」と呼んでいたのは、六月十九日の夜、裏町で殺された船田慎士さんのことですね』

シマコは念のためにきいた。

『そうです。健美産業という会社の社長の船田さんです』

『ピンクベルのママは、かなえさんが船田慎士さんと特別な間柄だったのを知らなかったそうですが』

『それは船田さんが、かなえさんとの間柄を知られないようにと気を遣っていたからです。船田さんはこっそりと独りでおいでになって、かなえさんを席に呼ぶようなことをしない方でした。何人かと一緒においでになって、かなえさんともさりげない会話をしていたので、ママも二人の関係には気付かなかったんです。船田さんは、かなえさんとの関係を長つづきさせたかったんだと思います』

船田とかなえは、同じような殺されかたをした。犯人は二人の間柄を知っていたので、二人とも血祭りに上げた。なぜ二人を殺害したのか——二人が親密な間柄なので、それが憎かったのではないか、とシマコはみていると、課長はいった。

道原はシマコに電話した。彼女は自宅で風呂にでも入ろうとしているころではないか。

電話に応じた彼女は、「ご苦労さまです」と挨拶を忘れなかった。

「くつろいでいるところだろうが、ひとつききたいことを思いついたので」

「どうぞ。わたしもいま、きょうの聞き込みを振り返っていたところです」

「船田慎士と三池かなえを殺した犯人は、二人が親密なのを憎んだからなのか」

「それもですが、わたしは二人を殺害した間隔に疑問を持ったんです」

「殺害した間隔……」

「船田は六月十九日に、かなえは六月三十日。二人が親密であるのが憎いのだったら、船田を殺ってすぐにかなえを殺りそうなものだと思いました。十日以上も空いたのは、かなえを殺るチャンスがなかったとも思われましたが、船田の身辺を調べてみたんです」

「なにかをつかんだんだね」

「船田は殺される前、どこの何者なのかは分かりませんが、外出すると後を尾けられていたようです。彼と一緒に歩いていた社員の花岡氏がそれに気付いて、船田に注意をうながしていたそうです」

「尾けていた者の風采は分かっているの」

「男だったり女だったりと花岡氏はいっていますけど、顔をはっきり見たわけではないんです。尾行されていたのは、たしかなようです」

「船田はたびたび裏町へ飲みにいっていた。その間も何者かに尾けられていたのかな」

「花岡氏は、そうではないかといっていますが、船田は気付いていなかったというか、尾けている者の姿を見たことはないといっていたそうです」

「船田を尾けていたのは、男と女か」

「男が尾けたり女が尾けたりしていたようです」

「交替でやっていたらしいというんだね」

そのようだと花岡はいったという。

船田慎士と三池かなえは愛人関係だったのを、二人を殺した犯人はつかんでいたものと思われる。二人が憎くて二人を殺したのだとしたら、犯行は立てつづけに起こしそうだが、三池かなえは船田慎士より十日以上経ってから殺られている。これには理由がありそうとシマコはにらんだようだ。

「私は、殺し方に注目しているんだ」

道原がいった。

「犯人はナイフを使用していますね」

「船田もかなえも、左の腹部を一回しか刺されていない」

「死ななかったかもしれませんね」

「犯人にはそれでもよかったんじゃないか」

「怨恨の思いが薄いということですか」

そんなふうに受け取れるのだと道原はいった。

第五章　天文館

1

道原、吉村、伊地知は城山の三池家を訪ねた。松本で殺されたかなえの実家である。なんの飾りもない慎ましやかな一軒屋だ。

母親が出てきた。髪は半分ほど白かった。母親は小さい声で三人の刑事を座敷へ通した。そこへ足を引きずるようにして父親が出てきた。彼は右手を胸にあてていた。一年前、脳梗塞（こうそく）を患って半身の自由が利かなくなったと、下唇を突き出した。声は太いがきき取りにくい。

道原たち三人は、隣室の仏壇に焼香して合掌した。かなえは白木の位牌になっていたし、遺骨は白布に包まれていた。家族は彼女の死を受け入れられていないにちがいない。思いもかけない災難に遭うのなら遠方へいかせるのではなかったと後悔していることだろう。

この家にはかなえの兄夫婦が両親と同居している。夫婦とも会社勤めだという。

「かなえが犯罪に巻き込まれたことが会社で知られたので、誠はなんとなく同僚から白い目で見られているといっています」

かなえの母親がハンカチをにぎって、誠の妻も同じではないかと思うといった。

「かなえさんは夜も働いていましたが、それをご存じでしたか」

道原が母親にきいた。

「週のうち三日は夜も働いているといっていました。お父さんが働けなくなったので、家計が大変だろうといって、去年から年に二回、まとまった金額を送ってくれました。わたしは、無理をしなくてもいいのにといってやりましたけど……」

彼女は唇を震わせてハンカチを目にあてた。

「かなえさんは、年に一度ぐらいは帰省されましたか」

「毎年、正月には帰ってきました。今年も元日にきて、三日までいました。かなえは二十七歳になりましたので、結婚を考えているような人はいないのかとききましたら、いい人にはめぐり会えないといいました。松本はいいところだろうけど、鹿児島へ帰ってくる気はないのかとききましたら、今年一杯松本にいて、帰るつもりといっていました。鹿児島にいればこんなことにはならなかったと思います」

母親は、固くにぎっていたハンカチを口にあてた。かなえは実家へ仕送りするために夜も働いて無理をしていたのではないかと、母親は想像しているようだ。

「かなえさんが災難に遭う十日ほど前、松本市内で不動産会社をしていた男性が、かなえさんと同じ盛り場の近くで殺されました。それをご存じでしたか」

道原が、蒼(あお)ざめた顔の母親にきいた。

「テレビで観て知っていました。高い山の見えるきれいなところなのにと、暗い事件を知って主人と話したものです」

「殺されたのは船田慎士さんといって、鹿児島出身でした」

「まあ……」

「かなえさんは船田さんと知り合いで、親しくしていました」

母親は首をかしげると父親と顔を見合わせた。父親は、眉間に皺を寄せてもぐもぐとなにかいったが、きき取れなかった。

船田とかなえを殺したのは、同じ人間ではないかという見方があるが、使用した凶器はちがっていた。二件とも幅二〇ミリ程度のナイフだったが、形状がちがっている。

犯人は右利きで、いずれも正面から突き刺している。

「かなえは船田さんという人と知り合いだったというと、その人を頼って松本へいったんでしょうか」

「そのようです。二人は鹿児島で知り合ったんです」

母親は目が覚めたような表情をすると、

「そういえば何年か前、かなえがまだここにいるころ、大きいリンゴがかなえ宛てに家に届きました。かなえは、知り合いの人からといっていましたけど……」

といって拝むように手を合わせた。粒の大きいリンゴを家族で食べたが、そのときだれかはふと暗い予感を覚えたかもしれない。

かなえは船田から金銭的な援助を受けていたようだ。実家へ仕送りができたのはそのためだろう。船田にしてみればかなえとの関係をつなぎとめておくための手段だったのではないか。

道原たちの三人は、あらためてかなえの遺骨と位牌に手を合わせて、三池家を去った。

「かなえは、船田慎士氏と親しい関係でなかったら、事件に遭わなかったんじゃないでしょうか」

車にもどると伊地知が、二人の事件は関係があるといった。

「私もそう思う。犯人はかなえが船田と親しいのが憎かったんでしょう。船田を消すだけでは気持ちが治まらなかったのかも」

道原は、桜島にかぶさった黒い雲をじっとにらんだ。不吉な胸さわぎを感じたからだ。

シマコが電話をよこした。

「船田紀子さんがご家族で、ご主人の納骨に鹿児島へいくそうです」

シマコは、地元新聞の記者からの情報だといった。

「そうか、納骨はまだだったんだね。松本でなく、鹿児島か」

「奥さんの紀子さんも鹿児島の出身なんです」

「松本にいたから事件に遭ったと思っているのかもしれないね。……納骨は、いつなの」

「あさって、七月十四日にこっちを発つそうです」

三連休を利用するのだろう。

「お寺はどこなのか、分かっているの」

「鹿児島市草牟田というところの正覚寺だそうです」

道原はシマコからの情報をメモした。正覚寺というのは船田家の菩提寺なのではないか。

船田紀子には娘が二人いて、二人とも学生である。女所帯になってしまったが、彼女たちは慎士が殺された原因や犯人の見当を話し合うことがあるのだろうか。

道原の娘の比呂子からメールが入った。

「お父さんの出張が長くなりそうなので、着替えを送るとお母さんがいっています。そちらからは汚れ物を送ってください。

わたしはきょうから松本の英会話教室に通います。英会話を身につけて、東京オリンピックではボランティアをつとめたいと思っています。　　　ひろこ」

比呂子のことを伊地知に話すと、

「お子さんは、お嬢さん一人ですか」

「娘だけです。来年、大学なんだが。はたして入れるかどうか」

「松本には、信州大学がありますね。私の知り合いの娘が去年、信州大学に入りました。鹿児島にも国立大学があるのにって、親は仕送りに追われているようです」

「伊地知さんのお子さんは……」

「高校と中学の男の子が二人です。二人ともサッカーに夢中で、勉強のほうはカラキシという状態です。うちのカミさんは、それでいいんだといって、サッカーの試合のたびに応援にいっています。上の子は警察官志望です」

伊地知の話しかたはいきいきとしている。明るくて健康的な家庭のようだ。走りながら話をつづけていると、伊地知の父親も鹿児島県警の警察官だったことが分かった。父親は定年退職すると、二か月ほどぼんやりしていたが、倉庫の管理人に再就職したという。


焼失した鹿児島市城西の野山家を見にいった。放火の疑いが持たれていたが結果はどうだったかを知りたかった。野山家が焼かれたときいたとき、道原の頭にすぐ浮かんだ男がいた。金武咲人だった。彼は野山若葉を追いかけて松本へいった。が、彼女に会うことはできなかった。そこで業を煮やした咲人は、鹿児島の若葉の実家に火をつけたのではないかとみたのである。

咲人が火をつけたかのアリバイを調べたところ、松本から鹿児島へ、そして松本へもどることは不可能だと分かった。彼に会って放火の疑いを持ったことを話したが、『私はそんなことをしていません。若葉に会いたかったのは事実ですが』と答えた。

放火は、彼が直接手を下さなくてもだれかにやらせることはできた犯行だ。道原は咲人を全面的にシロとはみていない。彼は得体の知れない黒い影を背負っているようにしか見えない男なのだ。

黒い炭の山になった焼け跡に挟み(はさ)を持ってしゃがんでいる人がいた。近づくとその人は腰を伸ばした。若葉だった。化粧気のない蒼白い顔だ。

「なにかをさがしているんですね」

道原がきいた。焼け跡は異臭を立ち昇らせている。

「仏壇の引き出しにしまっておいた指輪や、わたしが外国で買ってきたアクセサリーなんかです」

「見つかりましたか」

「いいえ。まだひとつも」

彼女は炭の山を見まわした。さがしているのは日ごろ使ってはいないが大切にしていた物にちがいない。彼女はゴム長靴を履いていた。

「ひどいことをする人がいるものです。うちには病人がいましたので、逃げ遅れたかもしれません」

父親の徳三郎のことらしい。

「放火だと分かったんですね」

「火元は勝手口の床下だそうです。父の寝室のほうだったら、父はどうなったか……」

彼女は汚れた片方の軍手を脱いだ。

「心当たりは……」

「分かりません。親は、わたし以外に人の恨みをかうような者は、うちにはいないといっています。本気でそう思っているのかって、けさ、兄にききましたら、『本気にきまってる』っていわれました。わたしの居場所は、きょうにもなくなりそうです」

そういうと彼女は空を仰いだ。言葉ほど落ち込んでいる顔ではなかった。

2

亡くなった船田慎士の妻・紀子、長女・真琴、次女・綾乃の三人は、予定どおり七月十四日の午後、鹿児島へ着いた。草牟田の正覚寺墓地へ慎士を納骨するためだ。納骨式には慎士の姉の財部千枝が参列することになっているという。慎士がやっていた健美産業からは花岡が駆けつける予定らしいと、シマコが電話してきた。

「われわれも、お参りしようか」

道原が吉村にいった。

「納骨式って、私は見たことがありません」

「そうか。これも経験だから、線香だけ持って、お参りしよう」

船田家のきょうの宿は、道原たちが滞在している城山観光ホテルだった。

三人が夕食を摂っている席へ、道原だけが挨拶にいった。個室へ案内された。近づくと笑い声がきこえた。真琴か綾乃の声にちがいなかった。ドアを開けて案内の従業員は丁重にものをいった。

椅子を立ったのは紀子だった。道原があしたの式に焼香だけさせていただきたいというと、

「それはご丁寧に恐れ入ります。わざわざありがとうございます」

と、腰を折った。三人だけと思っていたが濃いグレーのワンピースの女性がいて、頭を下げた。市内に住んでいる紀子の妹だった。紀子は鹿児島出身なのだから、親戚縁者が何人もいるのだろう。

うだ。

道原は一言挨拶しただけで下がった。

食事をしている四人は、長野県の刑事が鹿児島へきているのかと、話題にしていそうだ。

十五日の朝、六時半に窓を開けた。いましがたまで雨が降っていたらしく木の葉に露がのっていた。黒い雲が西へ流れ、空は次第に明るくなった。東の空に黒い鳥が、西に白い鳥の姿があった。

船田慎士の納骨式は午後一時からだった。

「きょうは親戚の人が幾人もくるんじゃないでしょうか」

吉村がいった。船田は事件に遭ったので松本での葬儀は簡素に執り行われた。参列者の多くは喪主の紀子に一言挨拶をして去っていったものだ。

道原と吉村は、伊地知の運転する車で午後一時すぎに正覚寺に着いた。

十五、六人が僧侶の読経をきいていた。船田の関係者と紀子の親戚縁者にちがいない。ハンカチを目に当てている人はおらず、全員が怒ったような顔をしている。

その後ろで花岡が頭を垂れていた。読経がすむと僧侶に導かれて墓所へ入った。

船田家の墓は黒い御影石でそれは新しく見えた。慎士が生前に建てた墓だという。

彼は五十六歳でこの世を去るのは予期しなかったろうが、後世の棲家を確保してはいたようだ。

慎士の遺骨は墓石の下に納められた。吉村は興味ぶかそうに男たちが骨壺を納めるのを手を合わせてじっと見ていた。道原たちは花岡のあとで焼香して、僧侶の読経に見送られるようにその場をはなれた。

その夜八時ごろ、道原たちは天文館通りに近い居酒屋で食事をしていた。

伊地知が、船田慎士と三池かなえは同じ犯人に同じやりかたで殺されたのだろうと話しはじめたところへ、救急車につづいてパトカーのサイレンが近づいた。パトカーは一台ではなさそうだと察知すると、伊地知は席を立ち、外へ駆け出していった。事件の匂いを嗅いだようだ。

道原たちもゆっくりしていられなくなり、勘定をすますと外へ飛び出した。

クラブやバーのネオンが連なっているビルの前にパトカーが三台とまっていた。通行人が輪をつくっていた。制服警官が立入禁止のテープを張った。その警官になにかきこうとした通行人の男がいた。

「若い女のコが刺されたそうです」

伊地知が、道原と吉村を見つけて寄ってきた。

制服警官が三、四人の若い男女に質問していた。黒い車が着いた。半袖シャツ姿の三人が車を降りると制服と話し合っていた。

伊地知が道原の前へきて、

「怪我人は医療センターに収容されました」

彼はそれだけ告げると、若い男女に質問している警官の横へもどったが、すぐにまた走ってきて、

「刺されたのは船田綾乃だそうです。私は付近の聞き込みをはじめますので」

といって、パトカーを見ている人たちのなかへ入り込んだ。

「船田綾乃……」

道原と吉村は顔を見合わせた。

道原は、きょう墓地で見た綾乃の顔と姿を思い出した。二十歳の彼女は痩（や）せていた。二歳ちがいの姉の真琴とは身長も体形もちがって華奢（きゃしゃ）に見えた。綾乃は親戚のだれかと食事でもして、盛り場を見て歩いていたのではないか。真琴は別行動だったのか事件現場にはいないようだった。

道原たちは船田紀子や真琴の電話番号を知らなかったのでホテルのフロントへ電話

して、紀子は部屋へ帰っているだろうかをきいた。

「船田さまは、ラウンジにいらっしゃいます」

フロント係は答えた。

紀子をフロントの電話へ呼んでもらった。

彼女が応答するまでは三分ぐらい間があった。彼女はフロント係に呼ばれたとき、どきりとして胸に手をあてたのではないか。

「船田でございますが……」

彼女はかすれ声で応えた。

道原は名乗ると、天文館で綾乃が怪我をしたと伝えた。

「天文館で……」

鹿児島出身の彼女には紅灯の天文館と行き交う人の列が浮かんだのではないか。そこで綾乃が怪我をしたことと、松本署の刑事が電話してきたことの理由がすぐには呑み込めないにちがいない。

「綾乃さんは、医療センターへ運ばれました」

紀子は、「医療センター」と小さい声でつぶやいた。

「真琴さんは、どこにいますか」

道原は真琴の所在が気になった。

「わたしと一緒です」

それはよかった、といいそうになった。

「綾乃は……」

紀子は動転しているようだ。どこを怪我したのかときこうとしたにちがいないが、すぐに医療センターへ駆けつけるべきだと気付いたらしく、「ありがとうございました」と早口でいって電話を切った。

道原も落着きを失っていた。自分の電話番号を紀子に教えなかったし、彼女の番号をききそびれた。

道原は気を取り直すと深呼吸をして、パトカーのほうを向いている人たちのなかへ割って入った。綾乃が刺された瞬間を目撃した人がいそうな気がしたのだ。しかし立っている人たちはなにが起こったのかを知らず、ただ警官の動きを眺めているだけだった。

三十分ほど経つとパトカーのほうを眺めている人の数が減った。

「道原さん、医療センターへいきましょう。そこには松本市民がいるんです」

吉村は尻を叩くようにいった。そうだった。船田紀子と真琴は、旅先で家族が災難に遭い、うろたえていることだろう。松本署員としてはそういう市民を勇気づけなくてはいけない。

二人はタクシーを拾った。中央公園があり、県立博物館、市立美術館、県立図書館、鶴丸城跡（つるまるじょうあと）などが整然と並んでいる磯街道を東北へ向かった。

深夜に近い病院は寝静まっていた。守衛にきくと五階の手術部を教えられた。エレベーターを降りると、長椅子の前で紀子と真琴が抱き合って泣いていた。道原はその二人を見て唇を噛んだ。最悪の状態を呑み込んだのである。抱き合って泣いている二人に背中を向けてハンカチを目にあてている人がいた。その人は道原たちに気付いて、ハンカチで口をふさいだまま頭を下げた。紀子の妹だった。

道原と吉村は廊下に立ちすくんでいたが、紀子が気付いて一、二歩近寄った。彼女はそこで立ちどまると道原の顔を見て、声を上げて泣き出した。その泣き声は、「助けてください」といっていた。

綾乃は意識を失ってかつぎ込まれたが、到着して二十分後に息を引き取った。救急車に乗り込んできた警察官の質問に一言も答えられなかったという。

治療にあたった医師にきいたが、綾乃は左の腹を刃物で深く刺されたことによる失血死だった。

父親・慎士と同じ殺されかたである。綾乃はあした司法解剖される。そこで凶器の形状などが判明するだろう。

「明らかに連続殺人だ」

道原が吉村にいった。

「松本で船田慎士と三池かなえを殺した犯人ですが、鹿児島へ追いかけてきたんですね」

「船田家の人たちの動向をうかがっていたんじゃないか。スキのある人を狙っていたんだろう」

「犯人は、天文館という鹿児島一の盛り場で犯行におよんだ。目撃者がいてもかまわないって思っていたようです」

「そうだろう。犯人の標的は船田家の人。家族ならだれでもよかったのかな」

船田紀子と真琴はあす、鹿児島中央署へ呼ばれるだろう。綾乃は単独で繁華街を歩いていたのだろうか。彼女は鹿児島市内の地理に通じているとは思えない。市内かその付近に住んでいる人と一緒だったろうと道原はみている。

翌朝、鹿児島中央署で伊地知に会って、昨夜の綾乃はだれかと一緒だったのではときいた。

「船田慎士の友人の娘と一緒だったんです。娘は石浦千帆といって、綾乃と同い歳の二十歳です。石浦千帆は父親と一緒に慎士の納骨式に参列しました。お寺で綾乃と千帆は話し合って、市内を見物したあと、天文館でご飯を食べようということになったんです。二人で食事してからぶらぶら歩いていて、千帆がコーヒーを飲みたくなったといって、自販機でコーヒーを二本買って振り向くと、彼女の後ろにいた綾乃が道に膝をついていたのでびっくりしたといっています」

「綾乃は刺された直後だったんですね」

道原はノートを構えてきいた。

「千帆は、綾乃が膝をついていたので、『どうしたの』といって肩に手をやったら、綾乃は腹を押さえて倒れたそうです」

「綾乃を刺した者を、千帆は見ていないのですか」

「あの人だったような気がするといっているのは、男の後ろ姿です。体格や服装をきいたのですが、綾乃に気を取られていたのでといって、はっきりとは思い出せないようです。……千帆は、綾乃が腹から血を流しているのを知ったので、悲鳴を上げて近くにいる人に救急車をと叫んだんです」

千帆は自販機で買ったコーヒーを放り出して、綾乃に、『しっかりして』と呼び掛けていた。

通行人が一一九番や一一〇番通報した。

「千帆は、なぜ綾乃が血を流しているのか呑み込めなかったといっています。そのうち集まってきた通行人のうちのだれかが、『刺されたんだ』といった。それをきいた千帆は気を失いかけて、道路の端にすわり込んでいたそうです」

やがて救急車とパトカーが到着した。綾乃は救急車に乗せられ、すわり込んでいた千帆はパトカーで警察署へ連れていかれた。

千帆が、『綾乃さんのお父さんは松本で、事件に遭って殺されたということです』と係官に話したことから、鹿児島中央署は松本署に船田慎士の事件を照会した。事件は千帆の話のとおりだったので中央署員は目をむいた。

綾乃がかつぎ込まれた医療センターから中央署に、天文館から搬送した怪我人は死亡したと連絡があった。綾乃は問い掛けに一言も答えなかったので、どんな人間に襲われたのかはまったく不明だった。

3

道原と吉村のいる鹿児島で、松本市民の船田綾乃が凶刃に倒れた。犯人は道原たちを嘲笑っているようである。

「犯人は、船田綾乃だと知って殺ったんだろうな」

道原は唇を嚙んだ。

「父親が殺られていることを考えると、連続殺人の可能性があります」

吉村は目尻を吊り上げた。

「連続殺人だな。まず船田慎士を血祭りに上げた。次に船田の愛人だった三池かなえを殺した。そして今度は娘を……」

「犯人は、標的と定めて船田の家族ならだれでもよかったんじゃないでしょうか。だれを始末しようかと虎視眈々とスキをうかがっていたら、綾乃が知り合いと一緒に遊びに出掛けた。盛り場の天文館は犯人にとっては好都合だったんじゃないでしょうか」

「そうだな。遊びに出たのが真琴だったら、彼女が災難に遭っていたかもな」

中央署は、綾乃が被害に遭った地点とその付近の防犯カメラの映像を集めて、人の動きを観察した。綾乃と石浦千帆が入っていた。二人は蛇行しているらしく切れ切れに画面に入り、すぐに消える。午後八時十七分、千帆が飲料水の自動販売機の前に立った。が、綾乃の姿は画面から消えた。彼女がふたたび画面にあらわれたときはしゃがんでいた。その彼女の脇を男が三人ほど通ったが一人が立ちどまった。道路の中央部で突然しゃがんだ女性に驚いたようだ。男たちが歩いていこうとしている方向の先を、帽子（キャップ）をかぶった人が足早に歩いていった。その人には連れはいないようだ。それは綾乃が刺された直後の映像である。その映像を繰り返し観察した。

「帽子をかぶっている人が気になります」

伊地知だ。彼は、帽子をかぶって足早に消えていった人間の服装を、「全身黒ではないか」といった。たしかに帽子は黒だ。長袖シャツを着ているがそれも黒のようだ。その人のあとを歩いている三人の男たちと身長は同じぐらいに見える。身長は同じぐらいだが、帽子の人は痩身（そうしん）である。左手に小型のバッグを持っている。ほかの画面にはその人が入っていないかを入念に観たが、映っていなかった。

中央署は小会議室へ石浦千帆を招いた。父親が付添ってきたが、別室で待たせた。細面の彼女の身長は一六五センチぐらいだ。綾乃と同じで学生だという。薄紫色の半袖シャツに紺のスカートだ。指にも耳にも飾りはなかった。

「ゆうべはとんだ目に遭ったね」

刑事課長は彼女を慰めるようにいった。

彼女は上目遣いで頭を下げた。肩は硬直しているようだ。一緒に遊んでいた者が刺し殺されたのだから心は震えているにちがいなかった。

「きのうは二人で、正覚寺を出てからどこへいきましたか」

「タクシーで中之平（なかのひら）通りへいって、カフェに入りました」

お茶を飲みながら主に大学でのことを話し合っていた。

「綾乃さんは、お父さんのことを話しましたか」

「いいえ、一言も。わたしはお父さんのことには触れないことにしていましたので」

千帆はバッグからハンカチを取り出すと鼻にあてた。

カフェには二時間ばかりいて、以前友だちといったことのある料理屋へ移った。野菜の煮物のうまい店だった。『ビール飲む』と千帆がきくと、綾乃は、『少し』といって笑った。千帆は二十歳になる前からビールも焼酎も飲んでいた。ビールは父がすすめたのだった。

「カフェから料理屋までは何分ぐらい歩きましたか」

「十四、五分です」

「その間、だれかに尾けられているのを感じなかった」

「気付きませんでした」

「あなたと綾乃さんは、正覚寺から何者かに尾行されていたと思う」

課長がいうと、千帆は震えるように首を振った。

「料理屋へ着いたのは何時でしたか」

「夕方の六時ごろでした」

「そのとき店には客がいましたか」

「男の人が独りいました。カウンターでお酒を飲んでいました」

「あなたたちが食事をしているあいだに入ってきた客はいましたか」

「わたしたちが入って十四、五分経ったころ、男の人と女の人が入ってきて、ビールを飲んでいました。それから三十分ぐらいして年寄りの男の人が独りで入ってきました」

「その店にいた客の服装を憶えていますか」

千帆は考えていたが、年輩のほうは白っぽいジャンパーみたいな上着を着ていたといった。

千帆には防犯カメラの映像を見せた。十分あまりして見憶えのある人はいるかときいたのだったが、彼女は首を横に振った。

黒い帽子に黒い長袖シャツの人物の姿を拡大した。だれだか分かるかときいたが、知らない人だと思うと答えた。

「この格好の人を、どこかで見掛けた憶えはないですか」

彼女は、映像を見たり顔を伏せたりを繰り返した。なにかをさかんに思い出そうとしているようだったが、顔を上げると、

「きのう二人で入ったカフェで、見たような気がします」

と映像をにらんだままいった。

「店内にいた……」

「店の前を通ったんです。わたしはガラス越しに見ました。二回見たような気がします。服装が似ているだけで、別人かもしれませんが」

彼女は慎重ないいかたをした。

「防犯カメラの映像では、男なのか女なのか分かりません。どっちでしたか」

そういわれると性別を見直すように、彼女は拡大画面に目を据えた。

「女……」

とつぶやいてから、「どちらともいえません」と、いい直した。

きのうの午後、綾乃と千帆が入ったカフェが分かった。中之平通りのビルの一階だった。ガラス張りで道路を通る人が見える。道路からはガラス越しに窓辺の席にいる人たちが見える。

そこの防犯カメラの映像を取り寄せて再生した。黒い帽子にシャツもズボンも靴も黒の人をカメラは真上からとらえていた。その人は約十分おいて同じようにカメラの真下を通った。二度目はなぜか足早に画面から消えた。首は動いていない。つまりカフェの店内をのぞいてはいないのだ。二度目の映像で分かったのは、その人は四角いバッグを右の肩から左の腰になнавめに掛けているのだった。

防犯カメラの映像を見た千帆の感想をきいた。カフェの前を通った人と、綾乃が刺された直後、黒い後ろ姿を見せて遠去かった人物は同じ人だと思うといった。繰り返し見ての感想だ。

綾乃と千帆は、納骨式が行われた正覚寺から全身黒ずくめの人物に尾けられていたにちがいない。その人物が綾乃を刺したのだろうと推測されているが、確定ではない。黒い服装の人物は見張り役ということも考えられる。

だが、綾乃を刺した人間は、七月十五日に船田慎士の納骨式が正覚寺で行われることをキャッチしていた。そして、船田家の人に危害を加えようと準備していた。もしも真琴が、単独かだれかと寺に集合していた人たちから離れてきたら、彼女が標的にされていたかもしれない。犯人の標的は、船田家の人ならだれでもよかった。できることなら皆殺しにしたいのではないか。

道原は松本署に、船田家の厳重な警備を要請した。

船田綾乃の遺体は解剖された。死因は刃物で刺された腹部からの失血だった。

犯人が用いた凶器の形状が判明した。幅約二五ミリ、厚さ三ミリの片刃のナイフ。これを松本署管内で発生した船田慎士と三池かなえの腹に打ち込まれた刃物の形状と照合した。三件の殺人で使われた凶器はそれぞれちがっていた。犯人は一人だとすると用いた凶器を棄てるのだろうか。

三人を殺した犯人はそれぞれ別人ということも考えられる。したがって凶器がべつべつなのかもしれない。

鹿児島中央署は、船田綾乃が刺された直後の防犯カメラの映像を松本署へ送った。船田が被害に遭った直前と直後の映像のなかに、同一人とみられる人物は映っていないか、全身黒ずくめの人物は入っていないかを調べることにしたのだ。

かなえも綾乃も船田慎士の関係者だ。船田の関係者だったから、かなえと綾乃は刺し殺されたものとみている。犯人にしてみると船田のことが憎くてたまらなかったので、葬った。彼と親密だった三池かなえも憎くなったので始末した。綾乃は娘だから可愛がられているにちがいないので、磔刑のつもりで刺した。

船田と特別の関係を持っていた女性はほかにもいるのではないか。彼は年に数回は鹿児島へきていた。そのたびに立ち寄るクラブかスナックがあったはずだ。そう思ったとき、松本へいく前のかなえが勤めていた店があるのを思い出した。

彼女の兄の三池誠に電話して、かつてかなえが勤めていた店を知っているかときいた。彼は思い出そうと首をひねっているようだったが、

「たしか日本語の名前でした」

といい、「ええと、ええと」を繰り返していた。妹が勤めていた店へいったことはないが、天文館では有名な店だといった。

思い出したら電話を、といって切るとすぐに三池が掛けてよこした。

「思い出しました。『車や』というクラブでした」

わりに古い店だという。道原と吉村はクラブ車やへいってみることにした。

4

道原と吉村は午後八時に盛り場へ入った。クラブ車やは天文館中心地のビルの地下にあった。白いロングドレスの女性が階段を降りかけていた。客を送り出したところらしい。その女性の後を追うようにドアを開けた。店内は特有の匂いがしている。

真夏だというのに、この店には黒服に蝶ネクタイの男がいた。ホステスは十数人いそうだ。客席をちらりと見ると二組入っているのが見えた。

和服のママが出勤した。五十歳ぐらいだ。美容院から出てきたばかりのようだ。背は高くないが肉づきがいい。白いハンカチを首筋にあてた。

客に警察官の聞き込みを知られたくないのか、「ちょっと外へ出ましょう」とママはいって十字路の角のカフェへ案内した。

「船田さんは、いいお客さんでしたけど、五年ぐらい前からぴたりとお見えにならなくなりました」

「船田さんがかなえさんを、松本へ呼び寄せたんです」

「そうではないかっていう女のコがいました。けど、どうして鹿児島からは遠い松本に住むことにしたのか、わたしには分かりませんでした」

「船田さんのことが好きになったのと、きれいな山を眺めることのできる土地だからでしょう」

「寒いところなんでしょ」

「冬に何度かは雪が降ります」

ママは長野県へはいったことがないといった。

「新聞に船田という人が殺された事件が載っていたので、年賀状を出すのに使う名簿を見ました。五年ぐらい前まで年に何度かお見えになっていた船田さんと同じ名前でしたので、どきりとしました。やはりあの船田さんだったんですね。船田さんの事件を知るとすぐに、かなえさんを思い出して、どうしているかって思っていたら、何日か後の新聞に三池かなえが殺されたと載っていたので、胸のドキドキがとまらなくなりました。かなえさんは船田さんと一緒に住んでいたのではないでしょうけど、船田さんと親しかったので、刺されたんでしょうね」

ママは紅茶に角砂糖を落とした。

「今度は、松本から鹿児島へきていた船田さんの娘さんが、犠牲になりました」

「ゆうべ天文館で刺された女性は、あの船田さんのお嬢さんだったんですか。……犯人は同じ人でしょうか」

「さあ。それが分かっていないんです。それでママにお尋ねしますが、船田慎士さんには、かなえさんと親しくなる前、親しくしていた女性はいましたか」

「うちの店にはいなかったと思います」

「車やさん以外に、どこで飲んでいたのかをご存じですか」

ママは小首をかしげていたが、「むぞか」というスナックで飲むときいた憶えがあるといった。

道原と吉村はメモをしてからむぞかとはどういう意味かときいた。

「可愛いという意味。『むぞかおなごんこじゃな』といいます」

むぞかの場所をきくと、ママを知っているので、ここへ出てこれるかをきいてみるといって電話を掛けた。横を向いて小さい声で話していたが、道原に向き直って、

「これるそうです」といって通話を終えた。

広いガラス窓の外を、若い男女がふざけながら通った。大きめのバッグを持った酒場のママらしい女性が急ぎ足で横切った。盛り場はこれからという時間だ。

バラの絵のついたブラウスを着たむぞかのママは四十歳見当だった。胸には金のチェーンを垂らし、耳朶は星を埋め込んだように光っている。

道原は呼び出した目的を話した。

「船田慎士さんは憶えています。五、六年前まで鹿児島へくるたびに寄ってくれていましたけど、お見えにならなくなったので、どうされたのかと思っていました」

船田が贔屓にしていた女性はいたかときくと、

「そのころ、うちの店ではいちばん若かったひまわりというコと、食事をしていたようです」

「若いというと、何歳ぐらいですか」

「十八とか十九といっていました」

「船田さんは、そのコと特別な関係でしたか」

「たぶんそうだったと思いますけど、なにがあったのか急に辞めました。船田さんと食事した日に辞めたような気がします。なにがあったのかとききましたけど、話してくれなかったのを、いま思い出しました」

「ひまわりさんは、むぞかさんを辞めたあと、べつの店で働いていたようですか」

「夜の仕事を辞めたいといっていましたけど、どうしたかは知りません」

むぞかのママはバッグからスマホを取り出した。ひまわりの電話を登録してあるが、何年も掛けていないので変更されているかもしれないといった。

しかし道原と吉村は、ママが読んだ番号をメモした。ひまわりの名字は城ノ内だったとママは思い出した。

二人のママと別れると、道原がひまわりの番号へ掛けてみた。呼び出し音が五回鳴って女性が応答した。

「城ノ内さんですか」

「はい。前の名字は。あのう、どなたさんでしょうか」

落着いているような声だが、相手の出方をうかがっているらしい。

道原は名乗って、電話番号はむぞかのママにきいたのだといった。

「わたしは結婚して、浅利姓になっていて、本名は稲子です」

子どももいると彼女はいった。普通の家庭の主婦になっているのだった。

道原は、松本市内で殺された船田慎士の事件を調べている。参考までに話をききたいのだが、会えるかときいた。

浅利稲子は、ちょっと考えたようだったが、あすの午前中なら会えると答え、どこに泊まっているのかといった。

城山観光ホテルだと答えると、彼女は子どもを保育園へあずけた足でそこへ向かうといった。

翌朝九時に浅利稲子はホテルへやってきた。水色のジャケットにジーパンだ。耳に飾りはないし、爪も染めていなかった。

「刑事さんは、いいホテルに泊まっていらっしゃるんですね」

彼女はフロントの脇でロビーを見渡した。

「鹿児島の警察のはからいで、ここに滞在しています」

「滞在っておっしゃいますと、何日間も……」

道原は、ややとがった顎の稲子にうなずいて見せた。色白小顔の彼女の瞳はキラキラ輝いている。

「お子さんは、一人ですか」

「一人です」

彼女は男の子だと付け足した。

コーヒーラウンジへ入った。彼女は有名なこのホテルでお茶を飲めるなんて思ってもみなかったといって、壁の絵や天井を見まわした。

「早速ですが」

道原が切り出した。「船田慎士さんを憶えていますか」

「憶えてます」

彼女は刑事の質問を予期していたようだ。

「船田さんとあなたは親しかったそうですが」

「何回か食事をご馳走(ちそう)になりました」

彼女は下を向いて小さい声で答えた。その答えかたから食事をともにするだけの仲ではなかったと受け取れた。

「船田さんとのあいだに、なにかあったようですが……」

「船田さんとのあいだには、なにもありません」

彼女は顔を伏せたままだ。

「あなたは、船田さんと食事した日に、むぞかを辞めたそうです。なにがあったんですか」

彼女は胸で手を合わせると、下を向いたままからだを揺すった。

二分ばかりなにも答えなかったが、

「二人で食事をして、その料理屋さんを出たところで、わたしはナイフを持った人に刺されそうになったんです。ナイフを持った人は、船田さんを刺そうとしたのかもしれません。その人は横あいから体当たりするように駆けてきたんですが、船田さんはくるりと回転するようにその人をかわしました。ナイフを構えた人は、一瞬、わたしを刺そうとしたようでしたけど、ナイフを隠すようにして逃げていきました。わたしは息ができなくなるほど驚いて、その場にしゃがみ込んでしまいました」

「そのことを警察に知らせましたか」

「いいえ。わたしは船田さんに肩を抱かれて店へ出ました。でも、からだの震えはおさまらず、着替えもできなかったんです。更衣所にしゃがみ込んでいると、ママが出勤しました。……わたしの頭からは光ったナイフが消えませんでした。ママはさかんに、どうしたのかとか、なにがあったのかってききましたけど、わたしは答えることができなくて、店を辞めます、っていったんです。ママは怒っていました」

「ナイフをにぎった人間は、明らかに船田さんを狙ったんですね」

「まちがいありません。あのときのことを思い出すと、いまでも寒気がします」

「船田さんを狙ってきたのは、どんな人間でしたか」

「どんな人……。特徴のない人……」

彼女は首をかしげたが、暴漢の服装についても説明ができないようだった。

「男か女かは……」

「男のような気がしますけど、顔をはっきり見たわけではありませんので」

すべてに自信がなさそうだ。彼女は襲ってきた人間のことを数えきれないほど思い出したが、警察には訴えなかった。襲われたとき、近くには人がいたが、警察に通報した人はいないようだった。

「その事件をきっかけにあなたは、むぞかを辞めたのでしょうが、船田さんには会っていましたか」

「いいえ、一度も」

彼女は首を振った。船田を思い出せば事件も思い出すといっているようだ。

「船田さんが松本で、事件に遭って亡くなったのを、知っていますか」

「知っていますし、天文館で襲われたときのことを思い出して、冷や汗をかきました。……船田さんはやさしい人でした。松本へ遊びにこないかっていわれたこともありました。どんなところなのか、一度はいってみたいって思ったこともありました」

松本へ遊びにいっていれば、事件に巻き込まれていたかもしれないと思い、あらためて身震いしたのではないか。

稲子は、天文館での未遂事件をきっかけに水商売勤めをやめたのだという。

5

松本署の宮坂刑事課長が道原に電話をよこした。

「三池かなえの友だちだった鹿児島市の柿崎未来という人から手紙がきたので、参考までに送ります」

殺人事件の被害者と友だちだった人からの手紙というのは珍しいし貴重な気がした。内容は事件に触れているのだろうかと期待した。が、事件に触れるような内容だったら、課長はホテルへファックスはしないだろう。

道原はホテルの事務室で送信されてくるものを待った。やがてファックスが小さく唸った。

「三池かなえさんとは、高校で同級生だった者です。

かなえさんが亡くなったのを知ってからは、悲しくて、悲しくて、夜、床に入ってからも寝つけないくらいです。

かなえさんは本が好きで、高校時代から書店の前を素通りできない人でした。書店へ入ると一時間ぐらいは出てきませんでした。

松本へいってからは、それまでよりも本を読む時間がふえたそうです。高校時代わたしは、かなえさんの話をきいてから読書をするようになり、それは現在もつづいています。

かなえさんは、松本での暮らしを今年中で打ち切って、鹿児島へ帰るといっていました。鹿児島で本屋さんをやりたいと、メールをくれたこともありました。儲からないとは思うけど、本を読みながらやれそうな仕事だからといっていました。

この前、帰省したとき、鹿児島高校と鶴丸高校の中間あたりを見て歩いたといっていました。本屋さんをやる下見だったんです。彼女はどんな本屋さんを作るのだろうかと、わたしは楽しみにしていました。

柿崎未来」

「鹿児島に書店が一軒生まれるはずだったのに」

吉村は歯ぎしりした。が、すぐに真顔になると、「事件の被害者について、知っていることを、警察に知らせる。警察になにかいいたいことがあるのではないでしょうか」

と、首をかしげながらいった。

道原はけさ、浅利稲子からきいたことを頭に繰り返していた。

船田慎士は五年ほど前から何者かに生命を狙われていたようだ。彼を狙っていた暴漢は、盛り場を歩く彼をナイフで刺し殺そうとした。彼を尾けていたが繁華街でしか襲うチャンスがなかったということか。それとも盛り場なら犯行後すぐに歩行者の流れのなかへまぎれ込むことが可能だと踏んでの犯行を思い付いたのか。

彼は、当時、城ノ内ひまわりを名乗っていた稲子と男女の関係を持っていたようだ。若い彼女と関係を持てたので、彼は松本から遠路はるばる鹿児島まで足を延ばしていたのだろう。

彼は社員には仕事と称して出掛けていたのだろうが、彼の出張を彼の生命を狙っている者に知らせていた者がいたのではないかと道原は気付いた。

「そういう者がいなかったら、松本にいる船田がいつ鹿児島へいき、しかも天文館の店で飲むのかは分からないと思う」

道原はラウンジから一段下のロビーを行き交う人を見ながら吉村にいった。

「船田のスケジュールをつかむことができた者といったら、健美産業の社員でしょうね」

道原は、そのとおりだとうなずいた。

彼は健美産業の二人の社員に会っている。花岡と百瀬だ。二人とも四十代前半だ。不動産の売り物件をさがして走りまわっているといっていた。

先日、正覚寺で行われた船田の納骨式には、社員を代表して花岡が出席していた。松本署の道原が出席していたので花岡は驚いたような顔をしていた。

「船田が刺されそうになったのは、五年ばかり前だが、そのあとも彼は鹿児島へいくたびに、尾けている者がいないかと警戒していただろうな」

「そうでしょう。警戒していたので鹿児島では被害に遭わなかったんじゃないでしょうか」

「そこで犯人は、松本で船田を狙うことにしたのかな」

「船田は、松本なら刺されたり切りつけられることはないと思ったのか、警戒を怠っていた……」

「彼はしょっちゅう独りで飲み歩いていたようだ。危険を感じていたとしたら、夜の街を独りでは歩かなかったんじゃないか」

吉村は腕を組んで薄暗い天井の一点をにらんでいたが、

「犯人は、船田を殺す場所を、鹿児島から松本に変えたのは捜査の手が伸びてこないとみたんじゃないでしょうか」

といってまばたいた。

「捜査の手が伸びてこないということは、犯人は鹿児島にいるとみているんだな」

「前からそう感じていましたが、船田綾乃が殺された時点から、その思いを強くしました」

道原は目でうなずいたが、感想を口には出さなかった。

道原と吉村は、柿崎未来という女性に会いにいくことにした。彼女は、松本で殺された三池かなえを哀れんで松本署へ手紙をくれた人だ。

彼女の住まいは城山団地の一角だった。勤めている人なら不在だろうと思ってインターホンを押したが、「はい」と女性の声が応じた。

道原が松本署員だと告げると、「はい。ただいま」といって、すぐに玄関のドアを開けた。

彼女は捜査を担当している松本署へ手紙を送った。手紙は直接捜査の参考になるような内容ではなかったが、なんらかの反応があるのではないかと予想はしていただろう。

ところが署員が訪れた。これは予期しなかったことではないか。

彼女は、「ご苦労さまです」といってから、二人の服装を確かめるような表情をした。

道原が、署への手紙の礼を述べ、三池かなえについて話をききたいといった。

彼女は、「せまいところですが」といって、二人をリビングへ通した。そこには楕円形のテーブルがあり、椅子が四脚据わっていた。窓ぎわには小型のテーブルがあってパソコンがのっていた。部屋は簡素で清潔だ。

「ここでお仕事を……」

道原がきいた。あらためて彼女を見ると、洗いざらしの白いシャツを着た顔は蒼白くて痩せていた。

「翻訳の仕事をしています」

彼女の声は少しかすれていた。

道原は経歴をきいた。

「鹿児島市内の大学を出て、保険会社に就職しました。そこで翻訳の仕事が多いことを知りましたので、二年ちょっとで退職して、英語の翻訳を請け負うことにしました。仕事はほかの会社からもいただいています」

彼女は三池かなえと高校で同級生だったというから二十七歳だろう。

「お独りですか」

「独りです」

他人と知り合う機会が少ない、といっているようだ。

「いただいたお手紙によると、あなたも本好きのようですが」

「かなえさんの影響です。彼女と話し合うようになったのは高校へ入学した直後でした。彼女が本を読んでいるのを見て、なにを読んでいるのってきいたんです。そのとき彼女が読んでいたのは中堅といわれていた作家の遺作小説でした。かなえさんはその作家の小説を何冊も読んだといって、次の日に一冊貸してくれました。……それまでわたしは小説を何篇か読んだことがありましたけど、最後まで読み切ったのはありませんでした。途中でむずかしい話にぶつかったり、主人公の考えていることに疑問を持ったりすると、先にすすめなくなってしまったんです。……そのときわたしは気付きました。それまでは引き込まれるような小説に出会っていなかったんだと。わたしが借りた本の感想をいうと、かなえさんはよろこんで、それまでに小説の感想を話し合う人はいなかったといっていました」

彼女はそこまで話すと窓のほうへ顔を振り向けた。かなえと話し合った日を思い出したのではないか。すっくと立つと、白くて長い指で紅茶を入れた。

「かなえさんは、松本での暮らしを、今年中で打ち切って、鹿児島へ帰るつもりだったんですね」

「そう決めたといっていました」

「それは、手紙か、メールで……」

「電話です。かなえさんとは電話で十分以上話すことがありました」

「かなえさんが松本へいったきっかけをご存じですか」

「いい人ができて、その人は松本に住んでいるといったので、かなえさんはその人と結婚するのだろうと思っていました。松本へいってからの彼女は、季節が変わるたびに、農村や山や川の写真を送ってくれました。そのうちに、婚礼の日取りの通知でも届くのではないかと想像していましたが、現実はまったくちがうことを彼女の話で知りました」

「かなえさんは、どんなことを話したんですか」

「昼も夜も働いているので、疲れがたまっている。つい先日は、眠気に襲われ、読んでいた本を取り落としてしまった、といったことがありました。わたしは、すぐにでも鹿児島へ帰ってくるようにといおうとしたら……」

彼女は両手で口をふさいだ。

「かなえさんは、松本に住んでいるずっと歳上の男性と親しくしていました。鹿児島のスナックに勤めているときに知り合った人です。かなえさんは山を眺めるのが好きだといったので、松本へこないかと誘われたんです。その人は船田慎士さんといって鹿児島出身です」

「もしかしたらかなえさんは、その船田という人と親しくしていたので、災難に遭ったのではありませんか」

「その辺は目下捜査中です」

未来は、道原と吉村の顔をあらためて見てから、ハンカチを目にあてた。もう会うことができないかなえを思って、全身を震わせているようだった。

第六章　黒い服

1

船田慎士が殺されて間もなく一か月になる。松本の健美産業の空気が険悪らしいとシマコが道原に電話をよこした。

「どんなふうなの」

道原がきいた。

「花岡時行さんが代表取締役の登記をしたいと、船田紀子さんに連絡したことが事のはじまりらしいんです」

「紀子さんは反対なんだね」

「紀子さんは会社の役員になっているけど、花岡さんが社長になったら、紀子さんの意見などきいてもらえず、勝手な振る舞いをされると思っているらしいんです」

「そういう兆候でもあるのかな」

「交際費と称してお金を使うようになったそうです」

「健美産業は儲かっていたらしいから、預金もあるんだね」

「売り物件を買い取る資金として数千万円がプールされているそうです。最近の花岡さんは、船田社長の真似をして、二、三百万円の現金を持ち歩いているようです」

「シマちゃんは、そういう情報を、だれから……」

「経理担当の芦沢江莉(あしざわえり)さんからきき出したんです」

「会社の金を勝手に使うと横領になるが、物件を買収するための交際費という口実もあるね。……花岡はどこかで飲み食いしているんだね」

「そのようです」

「どこで、どんな人間と会っているのかを知りたいね」

シマコはさぐってみるといった。

道原と吉村は、野山家の火災について伊地知から話をきいていた。野山家の近所の老婆が、いつものように早朝散歩をしていると、緩い坂を駆け下りてきた男と衝突しそうになった。その男は全身黒ずくめだったのを老婆はけさになって思い出したのだという。老婆が散歩に出掛けるのは朝の四時半ごろ。あたりは薄暗いし、当日は曇っていたので、走ってきた男の服装は黒っぽく見えたのではないか、と捜査員は老婆に繰り返し尋ねた。

老婆は八十六歳だが、目にも耳にも障害はない。『わたしはまだ、暗いのと、黒いのとの区別はつきます。坂を駆け下ってきたのはどんな人かって、何度もきかれたので、思い出そうとしていたんです。駆け下ってきたのは男です。ぶつかりそうになったとき、「危ないじゃないか」ってその男はいいました。危ないのはどっちだって、わたしはいい返しました。男の声はいまでも憶えています。……刑事さんに、服装はって何度もきかれたけど、思い出せなかった。けさ、いつもより早く目が覚めたのは、まっ黒い服装の男が駆け下ってくる格好が、目に映ったんです』

捜査員は、男は何歳ぐらいだったかをあらためて老婆にきいた。老婆は、『わりに若い人だった』と答えた。何度きいてもその答えは変わらなかった。

「男はまっ黒い服装だったというのは、合っているでしょうね」

伊地知がそういったところへ、シマコから道原に電話があった。健美産業の花岡に関してだが、彼は七月十五日の午後一時からの納骨式に出席した。墓地での納骨を終えると、その場からいなくなった。いなくなったといったのは船田真琴の記憶だという。

花岡は十五日は鹿児島に泊まり、十六日の朝のテレビニュースで船田綾乃の事件を知ったということだった。

「花岡が怪しくないですか」

シマコだ。

道原は首をかしげた。「綾乃は花岡を知っていた。十五日の昼間、納骨式でも会っているし、綾乃を始末する動機がないと思うが」

「分かりませんよ。お母さんと花岡の争いに口を差しはさんでいたかも」

そういうことがないとはいえないだろうが、道原はシマコの見方を支持する気にはなれなかった。

放火の疑いがある野山家に話をもどした。

野山家の近所の老婆は、出火する何分か前、坂道を駆け下りてきた男とぶつかりそうになった。その男は、『危ないじゃないか』といった。声からして男であるのはまちがいないという。そして服装は全身まっ黒だったと記憶されている。

偶然かもしれないが、船田綾乃を刺した人物も全身黒ずくめだったようだと、綾乃と一緒に歩いていた石浦千帆はいっている。黒いものを好んで身に付ける人は稀ではないし、黒い服しか持っていないという人もいそうだ。

男は緩い坂道を駆け下ってきたというから、野山家に放火した犯人にちがいない。放火犯と綾乃を刺した犯人は同一人ではないかということになった。

「同一人だとしたら、どういうことが考えられるか」

道原は、片手にノート、片手にペンを持ったまま腕を組んだ。

「野山家のだれかを恨んでいる者で、船田綾乃にも恨みを抱いている者……」

吉村が首をかしげながらいった。

「二人には接点がありそうですか」

伊地知だ。

「綾乃は学生だし、鹿児島へは何回もきてはいないような気がするし、野山家の人との接触は考えられない。野山家の人で松本の船田家と接触があったとしたら、それは若葉だろう。若葉は船田家の人と会ったことがあっただろうか」

道原はそういうと、シマコに電話した。鹿児島市の野山家の人を知っていたかを、船田紀子に尋ねてくれといったのだ。

三十分ほどするとシマコから電話があった。

「紀子さんにききましたけど、野山などという人は知らないと答えました。……彼女は疲れているらしく、細くて、かすれ声で話しました。夫と娘が事件に遭ったのですから当然だと思います。なんていって慰めたらいいのか、わたしには分かりません」

シマコの声も沈んでいた。

もしかしたら紀子は、家族が皆殺しに遭うのではと、おののいているのではなかろうか。

道原はノートを開くと、一連の事件を振り返った。

六月十九日の夜九時すぎ、船田慎士は松本市の裏町で雨宿りに入った商店の軒下で、何者かにナイフで左腹を刺され、そこからの失血で死亡した。

六月三十日の午前一時すぎ、三池かなえは家へ帰る途中、松本市裏町で何者かにナイフで左腹を刺され、そこからの失血で死亡。

七月十五日午後八時ごろ、船田綾乃は鹿児島市の天文館通りを歩行中、何者かにナイフで左腹を刺されて死亡。

三人は同じ方法で刺し殺されたが、凶器はそれぞれちがっていた。そのことから三人はべつべつの犯人によって殺されたのではという見方もあるが、道原は同一人の犯行とにらんでいる。殺し方が同じであることと、ナイフの刃を下にして腹を刺した位置がいずれも地上九一センチとほぼ同じである。そのことから犯人の身長は一七〇センチ程度とみている。

犯人は右利きだろう。被害者に正面から体当たりするように凶行におよび、腹を刺すとすぐに凶器を引き抜いて、その場から立ち去っている。

正面から刺している点について二通りの見方がある。憎い相手に、「見納めだ」というふうに正面から犯行におよぶ。つまり何度も会って顔を見知っている者同士。もう一方は、相手とは顔見知りでないので、被害者が死ななくてもかまわない。だから正面からまるで抱きつくように接触する。道原は、後者の犯行とにらんでいる。後者だと嘱託殺人の可能性もある。

「もう一人、被害者がいますよ」

吉村がいった。

「そうだった。忘れてはならない人がいた」

船田慎士の兄の直範だ。それは六年前。彼は何者かに電話で居酒屋へ呼び出された。場所が場所だったので酒好きの彼は一杯飲って、相手の到着を待っていた。三十分経っても四十分経っても相手はあらわれなかったので、彼は帰ることにした。たぶん憤慨していたことだろう。彼が待っていた居酒屋は港の岸壁の近くだった。店を出た彼はそう何分も歩かないうちに、何者かによって海へ突き落とされたにちがいない。

船田兄弟は、少なくとも六年前から生命を狙われていたのではないか。

船田直範の家族になんらかの被害が及んでいないかを調べる必要を感じた。

船田直範の家族の住まいは鹿児島市内の南洲公園近くだった。木造二階建てのわりに新しい住宅だ。二階の窓辺では洗濯物がひらひらしていた。

直範の妻の年子（としこ）が玄関の引き戸を開けた。伊地知は何年か前に一度、年子に会っているという。伊地知は、直範の未解決事件に併せて慎士の事件を調べているのだと彼女にいった。

「ご苦労さまです」

彼女は頭を下げたが、顔は血の気が引いたように蒼白い。

彼女は三人の刑事を洋間へ通した。道原が名刺を渡すと、「松本からわざわざ……」といって名刺をじっと見ていた。慎士の事件を知った日を思い出したようである。

静かでいい場所だと伊地知が室内を見まわすと、直範の事件後、前住所からここへ移転して、長男夫婦と同居しているのだと、彼女は小さい声でいった。年子には娘が一人いるが、四年前に結婚して家をはなれていった。今年中には孫の顔を見られそうだ、と彼女は目を細めた。

「ご家族には変わったことはありませんか」

伊地知が年子をいたわるように話し掛けた。

「息子が交通事故に遭いました。前に住んでいたところの近くで、停車しているところへ追突され、アテ逃げされたんです。病院で診てもらったし、会社を何日か休みました。主人の事故の何日かあとでしたので、不安で、夜中に目を開けることもありましたけど……」

月日とともに不安と動揺は薄らいでいったようだ。

年子は組み合わせた手を顎にあてていたが、

「主人のことは、事故とも事件ともみられているようでしたけど、慎士さんの場合は明らかに……」

彼女は、事件というところを呑み込んだ。綾乃が遭った事件が頭にからんだからだろう。

「刑事さんは、綾乃が事件に遭ったことから、主人の一件はやはり関連がありそうとみていらっしゃるんですね」

年子は顔を起こすと、三人の刑事を見比べるような目をした。道原は彼女と目を合わせると小さく顎を引いた。彼女がぶるっと身震いしたのを目の当たりにした。

2

帰りの車のなかから大きい花籠(はなかご)と花束を抱えている二人の女性が歩いているのが目に入った。パーティーか開店祝いに花を運んでいる業者にちがいなかった。花を抱えた二人はビルのなかへ消えた。

その二人を見た道原には忘れていたことが蘇(よみがえ)った。それは桑添明日美のことだ。彼女は天文館でゼブラというスナックをやっている。その店を開店するについては、母親のタキの資金援助があったようだ。

ゼブラは繁昌した。開店して五年経ったところでその店をクラブに格上げする計画があって、適当な店舗をさがしているといわれていた。

母親のタキは五十四歳で、ボルガというスナックを経営している。その店も評判がよくて繁昌しているらしい。母娘して水商売の商才に長けていたのだろう。

道原が花束を抱えている人を見て思い出したのは、明日美がやろうとしているクラブのことだ。ひょっとしたらそのクラブはきょうあたり開店したのではないか。それはゼブラへいってみれば分かる。

車を署の駐車場へ入れると、三人は天文館のほうを向いた。駐車場を出たところですれちがった人と伊地知は言葉を交わした。おたがいが方言で挨拶した。

「いま、なんていったんですか」

吉村が伊地知にきいた。

「夕方の挨拶です。よかばんごあんどなっていい合ったんです」

吉村は立ちどまると、伊地知にもう一度、方言をきき直すとそれをメモした。

障子の格子戸に店内の灯りを映している居酒屋へ入った。店内は活気づいていて、通路の右からも左からも掛け声がしていた。

三人は豚キムチを頼むと、からいもの焼酎で乾杯した。鹿児島ではさつまいものことをからいもという。

伊地知が、この店の自慢はカツオの角煮だといったのでそれもオーダーした。三人は焼酎の水割りを二杯でこの店を切り上げることにした。次にゼブラへいくあてがあるからだ。

「伊地知さんは、自宅でも酒を飲みますか」

道原がきいた。

「署からの呼び出しがありそうな日は慎みますが、そういうことはめったにないので、風呂上がりに、焼酎に氷を落として、五杯か六杯は」

「そんなに」

「眠くなるまで飲んでいて、寝床へは這っていきます。睡眠薬代わりです」

ゼブラには客が二組入っていた。男と女の高笑いの声がした。二組とも常連客らしい。

道原たちはカウンターへとまるとビールを頼んだ。まっ赤な唇の女性が三人にビールを注いだが、初めての客だと分かっているからか、いくぶん警戒するような目をしている。

「あんたもビールをどうぞ」

道原がいうと彼女はにこりとして、客のより少し小さいグラスでビールを受けた。

女性は三人いて全員二十代に見える。

「ママのご出勤は、これから……」

伊地知がきいた。

「お客さんは、ママをご存じなんですか」

「いや、知りません。ママがいるんだろうと思ったので、きいただけです」

「間もなく、大ママがくると思います」

「ママが二人いるんだね」

「大ママは、ここの少し先でボルガっていう店をやっているんです」

「二か所掛け持ちなのか。ここのママはお休みなの」

「いいえ。早い時間に顔を出すこともありますし、十時すぎにくることもあります」

「不規則には、理由がありそうだね」

伊地知はそういうと、焼酎の水割りを頼んだ。道原と吉村も伊地知にならった。

赤い唇のコはにこにこしながら、ビールよりも大きいグラスに氷を落とした。

「この店のママはやり手で、クラブをはじめるという噂をきいたんだが」

伊地知は、水割りをつくる手つきを観察している。

「お客さん、なんでもご存じなんですね」

「噂はほんとうなんだね」

「ほんとうだと思います」

三人の前へ水割りグラスが置かれたところへ、ドアが開いて、和服の女性が入ってきて、左手のカーテンのなかへ消えた。道原はちらりと顔を見たが五十代だろうと思われた。桑添タキにちがいなかった。この店をやっていることになっている桑添明日美の母親だ。身重の十九歳のとき、母親と妹と一緒に桜島から移ってきた人だ。

タキはカウンターへ出てくると、

「いらっしゃいませ」

といって頭を下げた。薄紫色の地に小花を散らした和服が似合っていた。

伊地知がビールをすすめると、

「ありがとうございます」

といって小振りのグラスを右手で持ち左手を添えた。彼女の卵形の顔は色白だ。細く長く描いた眉の下の目はやや細かったが、微笑すると視線が愛嬌をふくんで、人なつっこい表情に変わった。

「このご商売は長いんですか」

伊地知は如才のないききかたをした。

「おかげさまで、長いことやらせていただいています」

彼女はビールを一口ふくんだだけで、グラスをカウンターの陰に隠すと、二組の客に挨拶にいった。椅子にはすわらなかった。いずれの客とも二言三言話しただけで、赤い唇の彼女に目顔を向けてそっと店を出ていった。

伊地知が赤い唇のコに、ボルガとはどんな店なのかをきいた。

「ここより少し広い店で、女性がたしか五人います。五人のうち三人は三十すぎです」

「あんたはボルガへいったことがあるんだね」

「お客さんが立て込んだとき、応援にいったことがあるんです。調度は立派で高級感のある店です」

それまで黙って伊地知と彼女の話を道原はきいていたが、この店のママという人は、べつの商売でもしているのかときいた。

「商売はしていないようです」

「ボルガのママにこの店のことを任せているようだが、店へこない時間は、なにをしているんでしょうね」

道原は赤い唇を見ながらいった。

「ジムへいっているんです」

「ジム……。美容とか健康のために」

道原は、明日美の行き先が分かっていたがきいてみた。

「いいえ」

赤い唇の彼女は一歩退くと両手の拳を構えた。

「ボクシング」

「そうです。本格的なんです」

「ボクシングの練習をするということは、試合にも出るということ」

「試合にはどうか知りませんが、男性を相手に、真剣に練習しています」

「あなたは、そのようすを見たことがあるんですね」

「あります。練習ですけど、相手をロープぎわに追いつめて攻撃するときは、恐いくらいです」

「ママは何歳ですか」

「たしか三十五歳」

「なにか目的でもあって、ボクシングの練習をしているんでしょうか」

「分かりません。相手をロープぎわに追いつめて、思いきりストレートパンチを出すのが、好きなんじゃないでしょうか」

「それを本人にきいたことがありますか」

「ありませんが、男性に向かって、思い切りパンチを食らわすなんて、爽快に決まっています」

「あんたは、やらない……」

「やったことはありません。恐いですもの。もしも倒されたら起き上がれないような気がします」

道原は知らぬふりをして、さっき店へきた和服のママと、ボクシングの好きなママはどういう間柄なのかをきいた。

「母娘です。並んだところを見ると、二人は口元のあたりが似ています。それから目が少し細いところも。大ママのほうがやさしげですけど」

「あんたは何年もこの店にいるようだけど……」

「オープンのときからですので、五年になります」

名前をきくと、かほるだと答え、道原に名刺をもらえないかといった。

「名刺は持っていないんだ。名刺を使うような仕事じゃないので」

かほるは微笑した。が、三人の正体をさぐるような目をした。彼女は、道原の言葉を信用せず、ここでは名刺を使えないのではとみたのではないか。そして三人の男たちの職業をあれこれ推しはかっているようだ。

ボックス席にいた二人連れが帰った。常連客で、会計もせず、サインもしなかった。

道原たちもそろそろ腰を上げようかと思ったところへ、ドアが開いて、白いTシャツにジーパンを穿いた女性が入ってきて、カーテンの陰へ消えた。かほるは三人の客の目つきを吸い取るように見ていた。

カーテンの陰に消えた女性は桑添明日美にちがいなかった。今夜も彼女はボクシングジムで、男の顔にも腹にもパンチを存分に打ち込んで、全身にかいた汗を洗い流してきたのではないか。

十五、六分も経つと、明日美はTシャツの上に縞柄の半袖シャツを羽織ったような格好をして、

「いらっしゃいませ」

といって、道原たちの前へ立った。かほるが、

「ママです」

と紹介した。

明日美は長身だし肩幅も広い。スポーツジムで鍛えているからでなく、もともと体格がよいのではないか。

「ママは、ボクシングをやっているんだって」

伊地知に、方言をまじえて訛のある言葉で会話してもらうことにした。

「はい。いまもジムからもどったところです」

彼女の声は男のように太くて低かった。ほとんど化粧をしていないような顔にはほどよい丸みがある。目は切れ長だがくっきりとしている。黒目はなにを映しているのか輝いていて、ミステリアスだ。唇はやや薄い。なにも塗っていないようなのに濡れているようだ。栗色に染めた髪を無雑作に後ろで結えて野性味が出ている。

明日美があらわれるまでは可愛いと思って見ていたかほるだが、身長の差なのか見劣りした。迫力負けである。

伊地知が明日美にビールをすすめると、「いただきます」といって、小振りのグラスをカウンターに置いた。彼女のその手は男のように大きく見えた。ボクシングをやるからか、指には飾りをなにもつけていなかった。

明日美は注がれたビールを一気に飲み干した。空になったグラスに伊地知はビールを注ぎ足した。明日美はグラスに長い指を添え、吹き上がる泡に視線を注いでいた。

3

道原と吉村は鹿児島西署へ呼ばれた。同署は放火の被害に遭った野山徳三郎方付近の防犯カメラの映像を入念に検べていた。その結果、七月三日の早朝、黒いニット帽をかぶり、黒っぽい上着の男が緩い坂道を登り、いったん下ったのにまた登り返し、十二分後に駆け下って画面から消えた。この男の挙動を怪しいとみたので、市内各地の防犯カメラの映像を複数の係官が検べた。

ニット帽の男には特徴があった。少し猫背であることと、内股(うちまた)で歩く。この特徴の男に注目していたところ、七月三日の朝、鹿児島空港のカメラがキャッチしていた。

男は空港内で黒いニット帽を脱いだ。吊り上がり気味の眉は太いが薄い。カフェで茹(ゆ)でタマゴとトーストとコーヒーのセットの食事をして、十時五十分発の羽田行きの便に乗った。羽田空港へは十分遅れの十二時四十分に到着。

男は電車で新宿に着いた。新宿では10番線から十四時発の特急列車「スーパーあずさ19号」に乗車し、十六時二十六分定刻に松本に到着し、東口へのエスカレーターを利用したところで画面から消えた。

この男は、松本市清水の野山若葉が住んでいたアパート横の防犯カメラにとらえられていたことがあった。

鹿児島西署は松本署から男が映っている防犯カメラの映像を取り寄せた。その映像と鹿児島市のカメラがとらえた映像とを照合したうえで、野山若葉を呼んで見せた。

「恵庭公雄です」

彼女は小さく叫ぶようにいうと口を手でふさいだ。

「どういう人ですか」

取調官がきいた。

「お恥ずかしいことですが、一緒に暮らしていたことのある人です」

「一緒に暮らしていたことがあるというと、別れたんですね」

「わたしは別れたつもりでしたけど、彼はときどきやってきました」

「どこへやってきたんですか」

「わたしの住所へです」

「別れたということは、話し合ったということですね」

「話し合いました」

「話し合って別れたのに、彼はあなたの住所へやってくる。断わればいいじゃないですか」

「断わりました。そうすると彼は、『大きい声を出すぞ』と脅かすので、わたしは近所の手前を考えて、ドアを開けることがありました」

「恵庭公雄には住所がなかったのかな」

「あったようです。わたしは見にいったことはありませんでしたけど、わたしのところから歩いて三十分ぐらいだっていってました」

「恵庭はどこの出身ですか」

「鹿児島です。詳しいことは知りませんが、父親と妹が市内で一緒に暮らしているといっていました」

「彼は何歳ですか」

「わたしより一つ上の二十九歳です。彼の運転免許証を見たことがあったので、年齢はまちがいないはずです」

「あなたは一時東京に住んでいたが、松本へ移った。どんな事情があって東京や松本へいったんですか」

若葉は顔を伏せて、もじもじと動いた。

「ある人と親しくなったものですから」

「ある人なんていわないで、氏名をはっきりいってください。放火は、殺人未遂といって重大な犯罪なんですから」

「恵庭公雄と親しくなったんです」

「恵庭と親しくなると、なにか不都合でも」

「彼は鹿児島市宇宿の金武彩加と恋人同士の関係でした。彩加とわたしは学校で仲よしの同級生でしたし、卒業してからも親しくしていました。わたしは市内に住んでいながら、彩加の家へ泊まりにいったことが何度もありました。そういう彩加を裏切ったのですから鹿児島にはいないほうがいいと思って、恵庭と一緒に東京へいったんです。彩加に怪しまれないようにと東京から一度だけ手紙を送りました。……わたしは人に嘘をついたり裏切るようなことをしたことはなかったのに、そのときだけは手紙に嘘を書きました。……東京から長野県の松本市へ移転しました。鹿児島からできるだけ遠方に住んでいると気が休まるような気がしたんです。ところが腰が抜けるほどびっくりしたことが起こりました。彩加の弟の咲人が、わたしを訪ねようとしていることを知ったんです。咲人は、わたしと恵庭のことを知って、わたしを責めにくるのだと思い、松本市内でも住所を移りました」

「恵庭は、金武彩加さんからあなたに心を移して、間柄を乗り換えたのだが、そういう例はほかにもあることです。金武咲人という人から危害を受けたことでも……」

「ありませんが、わたしと恵庭の関係を知って訪ねてくるのだろうと……」

彼女は、胸か腹に刃物が刺さるのを想像してか、胸に手をあてでぶるっと胴震いした。

しかし彼女は、防犯カメラの映像を見せられると、下唇を噛んだ。

「あなたは放火の犯人を、恵庭ではないかと疑っていたのではありませんか」

若葉は、係官のほうを向くと、

「もしかしたらと思ったことはありました」

「坂道を登り下りした恵庭を見て……」

係官は彼女の表情をにらんだ。

「やっぱりというか、がっかりしました」

「がっかり……」

「わたしは、こんなことをする人とって思うと、情けなくなり、なんだか、自分が嫌になりました」

彼女は頭に両手を挙げた。

「あなたは恵庭と話し合って別れたといったが、彼は納得していなかったんですよ、きっと。無理矢理別れさせられた。それで怒りが沸騰してきたんじゃないかな」

しかし、恵庭が放火したかはまだ定かでない。野山家が焼けた日の朝、付近をうろついていた事実をつかんだという段階である。

鹿児島県警は長野県警を通じて松本署に、恵庭公雄拘束を依頼した。七月三日の早朝、鹿児島市城西の野山家に通じる坂道を登り下りしていたところから、同日、飛行機と列車を乗り継いで松本へもどった防犯カメラの映像をつなぎ合わせ、からだの特徴から歩きかたの癖などを把握した。

鹿児島西署は野山家に火をつけた犯人を追っているが、中央署は船田綾乃殺しの犯人捜査に懸命になっている。人目のある盛り場で刺し殺すという、大胆な犯行を実行したのはどんな人間なのか、その動機はなんなのか、テレビはニュースのたびにこの事件を報じている。

防犯カメラは綾乃が刺された瞬間をとらえてはいなかったが、しゃがみ込んだ彼女の背後を立ち去ろうとしているらしい黒い服装の人物をちらりと映している。

念のためにと、西署がコピーした七月三日朝の市内城西地区の防犯カメラの映像を再生した。それには黒いニット帽をかぶった人物が入っている。それは恵庭公雄という男だったことが、野山若葉の証言で分かった。恵庭は少し猫背で内股で歩くという特徴がある。が、綾乃の背後を消えていく黒い服装の人物には同じ特徴はみられない。

一方、恵庭公雄らしい男を松本市内各所の防犯カメラがとらえていた。

なんとその男は松本市中心部のビル内にある健美産業へ立ち寄っていた。もしかしたらそこの社員ではないかとみて、恵庭公雄という人が勤めているかと同社を訪ねてきいた。すると花岡という代表者が驚いたような顔をして応対し、『営業担当の社員を募集したら、応募してきた男性です』といった。

採用するのか、ときいたところ、『印象がちょっと暗いというか、陰気な感じがしたので、不採用を決めたところです。恵庭という男性が当社を訪ねてきたことが、どうして分かったのですか』と花岡は捜査員に尋ねた。なぜ分かったのかを捜査員は答えなかった。だが、恵庭は履歴書を持参したにちがいないので、住所はどこになっているかをきいた。

履歴書に書かれていた恵庭の住所は、安曇野市境に近いアパートだった。彼の居住を確認した。独居だと分かった。不在だったので帰宅するのを待って張り込んだ。

恵庭は午後八時すぎ、足を引きずるようにして帰ってきた。薄いグレーの上着を腕に掛けていた。

松本署に拘引され身元確認の尋問を受けた。身元確認についてはすらすらと答えたあと、目を瞑った。ひどく疲れているようだった。なぜ連れてこられたのか分かるか、ときいたが答えなかった。

翌朝。留置場から出した恵庭に、『これから鹿児島市の警察へ送るが、その理由は分かっているだろうな』ときいたが、彼は眠気が覚めていないように目を閉じてなにも答えなかった。『あんたは鹿児島市の出身だから、両親や兄弟がいるだろう』捜査員がいうと、わずかに唇を震わせた。瞳が光った。

なぜ松本に住むことにしたのかをきくと、『美しい山を眺められるからです』と、小さい声で答え、『ずっと住んでいたいところでした』といった。松本のどんなところが気に入ったのかときくと、『松本城をお堀越しに眺めるのが好きでしたが、いくたびに石垣を眺めていました。色も、大きさも、かたちもちがう石を組み合わせて積み上げた石垣に、いつも見とれていました。あのたくさんの石をどこからどうやって運んできたのかを、想像していると時間の経つのを忘れました』

恵庭は、列車と飛行機を乗り継いで鹿児島西署へ移された。

4

鹿児島西署は、恵庭公雄を放火容疑で厳しく追及した。彼は否認しつづけていたが、野山家に通じる坂道を二度、登り下りしていたのを追及されると、観念して頭を垂れた。なぜ坂道を二度往き来したのかをきくと、初めから放火するつもりだったが、迷いが出て、いったん坂を下った。だが、なんのためにわざわざ鹿児島へやってきたのかを思って、野山家を振り返るとあらためて悔しさが沸騰した。野山若葉は、彼と別れて鹿児島へ帰るといった。恵庭には彼女に未練があった。彼女に飽きられたのでポイと棄てられたような気がした。軽く扱われたのだと分かると、彼女が無性に憎くなった。憎くなったという烙印（らくいん）を押したくなったのである。

彼女には帰ることのできる家がある。そのことも憎かった。火災のために、家族のだれかが犠牲になるかもしれなかったが、それが天罰なのだと自分にいいきかせた。

「あんたは、野山若葉さんの実家に火を付けると、燃え上がるのを見ていたのか」

「いいえ。火を付けると、すぐに逃げました」

「走って坂を下る途中で、だれかに会ったが、憶えているか」

「だれにも会わなかったような、あ、坂を登ってくる人に会いました」

「どんな人だったかを、憶えているか」

「会った人に、なにかいわれたような気がしますが、どんな人だったかは憶えていません」

取調官はじっと恵庭の顔を観察していたが、

「あんたに見てもらいたいものがある」

といった。

恵庭は、「なんですか」というように怯え顔を取調官に向けた。

取調官が見せたものは防犯カメラの映像をコピーしたものだった。天文館において船田綾乃が刺された直後、現場を立ち去ろうとしている人物の映像だ。その人は全身黒い物を着ている。カメラがとらえたのは後ろ姿だ。推測だが、その黒い服装の人物は防犯カメラの角度を意識していたのではないか。綾乃を刺した瞬間が映っていないということは、カメラがにらんでいる円内をはずれた地点で犯行におよび、すぐに立ち去った。犯行地点から五、六歩移動するとカメラの視野に入ったので、一瞬だが後ろ姿が映ったということではないか。

「だれだか分かるか」

取調官は恵庭の顔に注目した。

「分かりません。……なぜ私に、分かるかってきくのですか」

「松本市内で見掛けた人物ではと思ったからだ」

「後ろ姿だけで、見掛けたことのある人ではなんて……」

「後ろ姿だが体格の見当はついている」

黒い服装の人物の身長は一七〇センチ程度で痩せている。頭が小さい。走って逃げようとしているだろうから、映像の頭部や肩のあたりはぼやけている。黒いシャツの襟を立てているようだ。そうだとしたら、顔の輪郭をつかまえられないようにという細心の配慮だろう。

綾乃が刺された直後の映像をあらためて見ていた吉村が、

「黒い服装の人物は、シャツの襟を立てているんじゃなくて、黒い物をかぶっているんじゃないでしょうか」

といった。そういわれてみると襟のあたりがくびれていない。つまり胴とつながっている物をかぶっているようだ。

「たとえば、フードを」

吉村はつけ加えた。

フードのような物をかぶれば、顔立ちも男か女かも分かりにくくなる。吉村がそういったとき、道原の目の裡にある女性の容姿が浮かんだ。それは桑添明日美だ。

道原たちは伊地知と一緒に天文館のスナック・ゼブラで明日美に会っている。彼女は酒場の経営者なのに、夜間はボクシングジムに通っているという変わり者だ。道原たちがゼブラを訪ねた日も彼女はジムでひと汗かいてきたようだった。なにも塗っていないようなのに濡れているようなやや薄い唇を、道原は憶えている。彼女は上背があって一七〇センチ近い。スポーツで鍛えたからか肩幅も広い。

道原は天文館のスナックのゼブラへ電話して、ホステスのかほるを呼んだ。

「わたしですが」

声は少女のように若かった。今夜も真っ赤な唇をしているのだろうか。

「この前、三人で飲みにいった者で、私は道原といいます。明日美さんはきょうはまだきていませんか」

「まだきていません。くるとしたら十時すぎだと思います。ママにご用なんですか」

「あなたにききたいことがあるんです」

「えっ、わたしに……」

「じつはこの前は名乗ることができなかったが、三人とも警察官でした」

「……」

「そうではないかと思っていました。三人がお帰りになったあと、ママは三人のことが気になるらしく、なにをしている人たちだろうといっていました」

「今夜は身分証を見せますので、店の外へ出てきてもらえませんか」

かほるは、どうしようかと迷ったのか少しのあいだ黙っていたが、「ビルを出たところなら」と声を落として答えた。同僚がいるにちがいなかった。

かほるは、ゼブラのあるビルから三十メートルほどはなれたラーメン店の横に立っていた。道原と吉村が近づくと彼女は人目を警戒して左右に目を配った。やはり唇は赤かった。

「あなたにききたいのは、七月十五日に明日美さんは店へ出てきたかということです」

道原がいうと彼女は首をかしげてから、

「七月十五日は日曜で十六日は海の日で休みでした」

と答えた。

「そうでしたね。明日美さんは、平日はかならず店へ出てきますか」

「出てこないときもあります」

「出てこないときは連絡があるんですか」

「ないときもあります」

「出てきた日、出てこなかった日の記録はありますか」

「わたしは簡単な日誌を記けています。大ママからいわれたことで、オープンの日から出勤した日はずっと記けています。それはホステスの出勤簿代わりにもなっているんです」

それでは確かめてもらいたい日があると道原はいって、ノートを開いた。

吉村がメモ用紙にペンを構えた。

「六月十九日と六月二十九日に、明日美さんが店へ出てきたかを確認していただきたい」

吉村は、両日と道原の電話番号を控えたメモをかほるに渡した。

彼女は、それをちらりと見ただけで小さく折りたたみ掌に包んだ。上目遣いで二人を見ると頭を下げて、店のほうへ走っていった。メモに書かれたのがどういう日なのかをきかなかったが、明日美に関係のある日なのだろうと想像したにちがいなかった。

繁華街の天文館は今夜も人通りが途絶えなかった。なにを運ぶのか自転車に箱をつけた男がせわしげに走っていった。若い男が二人、肩を組んで歌をうたいながら歩いていった。

かほるは、走って消えてから二十分ほどして電話をよこした。すぐに日誌をめくるつもりだったが、同僚の目があってそれができなかったのではないか。

「遅くなってすみませんでした」

彼女は日誌を開いているのか、それとも日誌を見て書き取ったメモを読んでいるのか。

男の歌声が小さく入った。

明日美は六月十八日、十九日、二十日と三日間店に出てきていないといった。

「六月二十九日は……」

道原がきいた。

「六月二十九日は出てきませんでした。その日は金曜です」

道原が礼をいうと、

「なにがあった日ですか」

かほるの声は少し高くなった。

「松本市内で事件があった日です」

「事件……」

かほるはどんな事件かをききたそうだったが、道原は礼を繰り返して電話を切った。

道原と吉村と伊地知は、今夜、桑添明日美から事情を聴くかを話し合った。

「今夜聴きましょう。一刻も早いほうが……」

吉村は瞳を輝かせた。

ボクシングジムに着いた。ジムの窓はオレンジ色の灯りを外に向けて放っているように明るい。なにかを叩いているような音も外へ漏れている。

自由に入れというふうにガラス張りのドアが開いた。同時に物音がおおいかぶさってきた。ドアの近くで三人が縄跳びをしていた。サンドバッグに拳を打ち込んでいる若者がいる。リングではプロテクターを付けた二人が、打ち合っていた。リングの下では顎に髭をたくわえた男が、打ち合いをしている二人に声を掛けている。

道原たちは、リング上で打ち合っている二人を見ていた。打たれるたびに退いてロープぎわへ逃げているのは男性だ。その男と比べると細身で、Ｔシャツを着ているほうは女性だとすぐに分かった。彼女は打たれまいと逃げる男をロープぎわへ追いつめると、長い腕を顔面やボディへ打ち込んだ。容赦しないといっているようである。男はわずかに反撃のパンチを出し、軽くステップを踏んで右に左に逃げ、ストレートパンチを繰り出した。だがそのパンチは払い落とされた。男のパンチには手加減の動きが見えた。

道原たちの背中に男の声が掛かった。振り向くとずんぐりとした体つきの男が目を細めていた。

「桑添さんが、ここで練習しているのを知りましたので」

道原がいって、身分証を見せた。

「桑添明日美さんに、なにかあったんですか」

大前と名乗った男は目を光らせた。

「参考までに話をきくことにしたんです」

大前は三人の刑事の顔を見比べるような表情をすると、

「なにかの事件の参考なんですね」

道原たち三人は、同時に顎を引いた。

大前はこのジムの経営者で、ボクシングで元日本チャンピオンだったことが分かった。

5

ボクシングの練習を終えた明日美は、シャワールームへ消えた。リングには若い男が二人上がり、ミット打ちをはじめた。明日美の練習がすむまで縄跳びをしていた男たちだった。

明日美は藤色のTシャツにジーパンを穿いて、赤い顔をして出てくると、自販機でジュースを買い、天井に顔を向け喉を鳴らすようにそれを飲んだ。椅子をリングのほうへ向けると、ミット打ちの二人を見ていたが、眠気がさしてか目を瞑った。

伊地知が明日美の前に立った。人の気配を感じてか彼女は目を開けた。正面に立っている彼の顔を仰いだ。

彼は身分証をちらりと見せると、初対面のように彼女の氏名を確認した。

「あなたにききたいことがあるので、署へ同行してください」

と、穏やかな声でいった。道原と吉村は伊地知の背後に並んだ。彼女は三人の顔を憶えているはずだ。

「署とは……」

椅子に腰掛けたままの明日美は、三人の刑事の顔を見てから立ち上がった。

「鹿児島中央署です」

「ききたいことって、なんですか」

「ここではいえない。重要なことです」

「ここでいってください。だれにもきこえやしないから」

パトカーが着いて女性警官がやってきた。

女性警官は強引だった。明日美の腕を取ると、白い布製のバッグを見て、

「持ち物はそれだけね」

ときくとすぐに歩かせた。

明日美は、「店があるので」とゴネたが、女性警官は彼女のいうことをきいていなかった。

明日美を中央署の取調室に入れると、伊地知が彼女の正面にすわった。彼女は殺風景な部屋を見まわした。初めての経験のようだ。

道原と吉村は、ミラー越しに明日美を観察した。

「大事なことをきくから、正直に正確に答えてもらいたい」

伊地知は低い声で切り出した。

明日美は返事をしなかったが、ふてくされてはいないようだ。

「あんたはゼブラという店を持っているのに、それの経営に熱心ではないようだ」

「そんなふうに見えますか」

「きょうもだが、ボクシングジムに通っている。店をやっている人なら、夜八時ごろには店へ出ているものだが、あんたが店へ出るのは十時すぎだ。お母さんのタキさんが面倒を見ているので、あんたはのんびりと好きなことをやっているんだろ。いまの店をクラブにするという計画があるらしいが、そっちのほうもお母さん任せなのか」

「わたしがあくせく働いていないみたいなので、それで、ここへ連れてきたんですか」

「あんたは、店に出ない日もある。出ない日は、どこかへいっているんじゃないのか」

「体調がすぐれない日以外は、店へ出ていますよ」

そうかな、というように首をかしげた伊地知だったが、

「七月十五日の夜九時ごろは、どこにいた」

と、やや唐突なききかたをした。

「七月十五日。ああ日曜でしたね。たしか家でのんびりしていました」

「家でのんびりしていたという証拠はあるの」

「そんなもの、あるわけないですよ」

「十五日の夜九時すぎに、あんたによく似た人が、ゼブラのあるビルへ入るのを、防犯カメラがとらえている。当日あんたは、上から下までまっ黒い物を着ていたんじゃないの」

「わたしじゃありません。わたしは家にいました」

「七月十五日の夜九時すぎ、天文館を歩いていた女性が、何者かに刃物で腹を刺されて亡くなった。その女性が刺された直後を防犯カメラがとらえている。頭までまっ黒

い物をかぶり、顔立ちを隠しているが、体形や体格を隠すことは不可能だ。防犯カメラに映っている後ろ姿がだれだったかは分からなかったが、さっきボクシングジムで、練習中のあんたをじっと観察していた。防犯カメラの映像を繰り返し見ているうちに、左肩を少し下げて歩く癖を見つけたんだ。あんたはパンチをくり出す瞬間、左肩を下げる癖がある。防犯カメラはその瞬間の癖をとらえていた」

明日美はなにもいわなくなった。目は記録係のほうを向いているようだ。

「あんたは、七月十五日の夜、天文館で船田綾乃さんの腹をナイフで刺した。綾乃さんは病院へ運ばれる途中で亡くなった。あんたが殺したんだ。……その日、あんたは船田慎士さんの納骨式が行われているのを、物陰からうかがっていたにちがいない。ナイフを用意していたのだから、船田家のだれかを刺し殺すつもりで、その機会が訪れるのを待っていた。誰を標的にしていたんだ」

その質問にも明日美は答えなかった。答えないのは伊地知のいうことが図星だからだろう。

「あんたは今夜は帰れないよ。それを、だれに知らせたらいい」

明日美は頭を垂れた。だが伊地知の質問には答えなかった。彼女の目には母タキと叔母ハルの顔が映っていそうだ。

道原と吉村が取調室へ入った。彼女は一瞬、驚いたような表情をした。二人は松本署の刑事だと名乗った。

あんたからはききたいことが山ほどあるので、あしたは松本署へ連行する、と道原が告げると、明日美は瞳をくるりと動かしてから吸いつくように一点にとめた。

中央署員は、桑添タキを彼女がやっている店のボルガに訪ね、明日美を取調べていることと、あすは松本署へ送ることになるのを告げた。店を出てきたタキは両手で顔をおおって震えていたという。場合によってはタキを松本署へ呼ぶこともありうる。タキも彼女の妹のハルも、明日美の犯行をまったく知らなかったのだろうか。

羽田経由で松本へ向かう飛行機内でも、列車内でも、明日美はほとんど目を瞑っていた。

新宿からの列車内で弁当を買うことになった。弁当は三種類しかなかった。道原と吉村は幕の内にしたが、明日美はワゴンをちらりと見て、サンドイッチがいいといった。

昨夜、鹿児島中央署で出された食事は親子丼だった。それを彼女はきれいに食べたけさは食欲がなかったらしく、ご飯を半分ほど残したということだった。

サンドイッチを全部食べ、ボトルのお茶を飲んだ。列車は甲府に近づいていた。彼女は左の車窓に目を凝らしている。南アルプスの山腹は黒に近い緑色の部分と濃い紫色の部分があって、尖った山頂は白く光っていた。彼女は山脈に見惚れるように車窓から目をはなさなかった。

「きょうは、山がきれいだね」

道原が明日美にいった。

彼女はなにも答えず、首を動かさない。

「ここを何度も通ったので、見慣れた風景だろうね」

「あの山々の色、初めて見るような気がします」

彼女はぽつりといった。それは目的地での行動を考えていたり、震えて凍りそうな心を抱きしめていた日ばかりだったからではないか。いままでの彼女は、夏の山脈を見ていなかったような気がする。顔を山に向けてはいたが、頭のなかは暗闇だったのではないか。

甲斐駒ヶ岳の巨体が左目に入ったところで、道原は右の窓を指差して、八ヶ岳連峰に近づいたことを教えた。

「いちばん手前が編笠山で、その右が権現岳で、次が赤岳。連峰最高峰だ」

「よくご存じですね」

「私は、これから列車がとまる諏訪の生まれなんだ。中学生のころから八ヶ岳へは何度も登ったし、縦走中に季節はずれの吹雪に遭って、身動きができなくなったこともあった」

道原が話すと、明日美はなにを思ってか、彼のほうを向いた。まるで懐かしい者に出会ったといっているようだった。

列車は定刻に松本に着いた。一般の乗客が降りてから立ち上がり、道原と吉村が明日美をはさんだ。ホームには女性警官二人と男三人が待っていた。

松本署に到着すると、規則にしたがって氏名や年齢や住所をいわせた。本籍地をいわせると、鹿児島市桜島古里と答えた。係累の名をきいた。

「母は桑添タキ、父はおりません。叔母のハルが同じところに住んでいます」

と明快にいった。

体格は、身長一六九センチ、体重五六キロ。

掌指紋と毛髪を採取。血液型はA型だと本人が答えた。

明日美を取調室に入れ、二十分間、ミラー越しに観察した。

彼女は腕を組むと目を瞑って動かなかった。女性の記録係は明日美のようすをパソコンに打ち込んでいるにちがいなかった。

宮坂刑事課長がドアの前で、大きく息をして取調室へ入った。つづいてシマコが入った。二人は重大事件の被疑者である明日美と向かい合った。

明日美は豪胆なのか、それとも疲れきって眠入っているのか目を開けなかった。

課長はひとつ咳払いをした。それは目を開けろという催促だと分かったらしく、彼女は頭を少しも動かさず目を開けたが、腕組みを解かなかった。

「長旅を、ご苦労さまでしたね。ここと鹿児島は、千二百キロぐらいはなれているんじゃないだろうか」

シマコはうなずいたが、明日美の首は少しも動かなかった。

「体格がすぐれているから、なにかスポーツをやっているんだろうね」

課長がきくと、一拍おいてから明日美は、

「いいえ」

と、無愛想な答えかたをした。

「ゆうべは鹿児島の警察で、よく眠れなかったんだね」

彼女は小さく首を動かすと、ここにすわっているのがやっとだと力のない声でいった。

いかに重大な事件の被疑者であっても、体調不良が認められた場合は、医療機関においての治療が必要だった。シマコが体温を測った。三十九度以上あったので、医師を呼んだ。

入院させるかを医師と検討した。疲れているのと十分に食事を摂っていないせいといわれたので、食事をさせて仮眠室で寝ませた。

明日美は約三時間眠って、コップに二杯の水を飲んだ。

「もう大丈夫です」

とシマコにいって水のコップを返した。

道原とシマコが取調室へ入ると、明日美は腰掛けたまま頭を下げた。仮眠をとる前より顔色がよくなっていた。

道原は静かに資料をめくった。明日美は道原の手をじっと見つめたが、一瞬こめかみを痙攣(けいれん)させた。

第七章　底のない夜

1

Tシャツ姿だった明日美は、「少し寒い」といったので、シマコが長袖のシャツを着せた。

「重大事件が起こった日だから、その日を憶えていると思う」

道原は明日美の目をにらんで切り出した。「あんたは六月十八日に鹿児島を発って、松本へきたんだね」

明日美は返事に詰まってか、二、三分なにも答えなかった。

道原が同じことをきくと、

「そうでした」

と、小さい声で答えた。

「その日はなにをして、どこへ泊まった」

「裏町通りを見て歩いたあと女鳥羽ホテルに入りました」

すぐにシマコが女鳥羽ホテルへ、桑添明日美の宿泊を確認した。が、六月十八日にもその前後にも宿泊該当がなかった。偽名で泊まった可能性が考えられたので、なんという氏名で泊まったのかを明日美に尋ねた。

「忘れました」

「ホテルを偽名で利用すると犯罪になるんだよ」

知っていたかをきくと、明日美は首を横に振った。

「十九日はなにをしていた」

「午前十一時ごろホテルを出ました」

「連泊するつもりだったか」

「ええ」

そのあとは中町(なかまち)商店街を歩き、伊勢町(いせまち)通りや大名町通りをぶらぶら歩いて、食事をしたりカフェにも入ったといった。

「時間潰(つぶ)しをしていたんだろうが、それはなんのためだ」

彼女は五、六分なにも答えなかった。

「鹿児島から松本の市内見物にきたわけじゃないだろう。重大なことを決意してやってきたんだ。そうだろ」

彼女は小さくうなずいた。

「ある人が飲みに入った店の近くで張り込んでいました」

「ある人の名を、はっきり答えなさい」

彼女は、ちらりと道原の顔を見てから船田慎士だと答えた。

「船田慎士さんの顔も会社も前から知っていたんだね」

「はい」

「いつ、どこで知ったんだ」

「鹿児島の天文館のクラブです」

明日美はクラブで週三日、アルバイトをしていた。

その店へ船田慎士は飲みにきた。彼女は美すずという名で勤めていて船田の席についた。彼女は高校生のころから「船田」という名を母から何度もきいていた。『あんたの父親は船田という名字なの。彼の子を身籠ったとき、結婚しなくてはって考えて、彼に妊娠のことを話したの。そうしたら彼は、「いまはまだ若いから結婚は親に反対されるに決まっている。子どもができたなんていったら、その子のことで一生苦労しそうだから、なんとかするようにと彼女を説得しろといわれそうだ」といって、幾日も桜島へ訪ねてこなかった。そこでわたしはハラを決めたの。船田には二度と結婚のことは話さない。彼のことを一生恨んでやるって。……船田は憎かったけど、あんたは可愛くて、立派な大人に育てて、船田を見返してやるって誓った。あんたを育てるについては、ハルが協力してたのよ』

クラブへ飲みにきた船田を明日美の美すずは観察していた。船田はホステスの前でホラを吹く男だった。松本で社員が五百人いる会社の社長だといって、美すずにも名刺をくれた。美すずは、松本の人がなぜ独りで飲みにくるのかをきいてみた。

『喜入（きいれ）には巨大な原油タンク群がある。うちの社はそこへ資材を納めているんだ』と彼は繰り返しいった。身なりはいいが、話し方は軽薄だったし、顔立ちのいいホステスを誘っていることも分かった。この男が父親なのかと思うと寒気をもよおした。母が妊娠を打ち明けてからも船田は訪ねてきたというが、母は彼を家に上げなかったといっていた。

「天文館のクラブで働いているあいだにあんたは、何度か船田慎士さんを見たんだね」

「はい。体格も風采も喋りかたも、脳に焼きつけました」

「脳に焼きつけたとは、なにか計画を立てたんだね」

「どこで会っても分かるようにしたんです」

「六月十九日の船田さんは、何時ごろに会社を出てきた」

「夕方の六時半ごろでした」

「その彼の後を尾けたんだな」

明日美はかすかな声で、「はい」といった。

「船田さんは、どこへいった」

「大名町通りのレストランへ入りました」

「食事だったろうが、独りか、それともだれかと一緒だったか」

「道路から店のなかが見えましたので、船田が男の人と向かい合っているのを確かめました。二人はお酒を飲んでいるようでした」

「あんたは通行人のふりをして、何度も店のなかをのぞいたんだね」

「二人は窓に近い席にいましたので、歩きながらでも二人を見ることができました」

「船田さんの相手はどんな人だったか」

「年輩の男の人ということしか。あ、その男の人、茶色のジャンパーを着ていました。

店を出てきたとき、それをはっきり見たんです」

船田と一緒に食事した男は、レストランの前で別れたというから商談だったのかもしれない。

年配の男と別れた船田は東のほうへと歩いた。商店のウインドーを二回のぞいて裏町通りのビルに入った。バーやスナックが何軒も入っているビルだった。

「あんたは、そのビルから船田さんが出てくるのを待っていたんだね」

明日美はなんの飾りも付けていない首を縦に動かした。

「どんなところで張り込んでいたんだね」

「シャッターを下ろした商店の軒下です」

「そこはなんていう商店か憶えているか」

彼女は目を瞑った。張り込んでいた場所の商店名を思い出そうとしているようだったが、「矢」の字の付く商店だったと答えた。その商店と船田が入ったビルは道路をへだててななめの位置だった。

それをきくとシマコはメモ用紙をつかんで取調室を出ていった。裏町通りで矢の字の付く商店の確認だ。

張り込みをはじめて三十分ほど経つと雨が降り出した。道を歩いたり走っていく人からは、雨やどりをしていると見られるだろうと明日美は思っていたという。

船田は飲食店のビルに入って約一時間後にそこを出てきた。雨が降っていたので、小走りに三十メートルほど走って、シャッターの下りている商店の軒下に立った。

明日美は、『いまだ』と決め、ナイフをにぎった。走ってきた男が二人通りすぎたのを見て、彼女は船田が雨やどりをしている軒下めがけて突進した。右手にナイフをにぎって、彼に抱きつくようにして腹へ突き刺した。船田は彼女の肩をつかむと二度短く唸った。

「あんたには、船田さんを殺す理由はなかったんじゃないか」

道原は声を和(やわ)らげた。

明日美は俯(うつむ)いていた顔を少し道原に向けて上げた。

「わたしが小学生のころの母は毎朝、叔母と一緒に家を出ていきました。母はまだ寝ているわたしの頭に手をあてて、『ただいま』といって、そっとふすまを閉めました。二人ともすぐ近くの酒造所へ働きにいっていたんです。……わたしはそれからひと眠りして、目の悪い祖母に起こされ、祖母がつくった朝ご飯を祖母と一緒に食べました。朝ご飯は毎日同じもので、ご飯一杯と味噌汁とコンブの佃煮だけでした。母と叔母も同じものを食べていたのでしょう。……暗くなってから帰ってきた母は、壁に寄りかかって目を瞑っていました。わたしには、学校であったこと、先生にいわれたことが沢山ありましたけど、疲れはてて眠っている母には話す気になれませんでした。……母は愚痴をこぼさなかったけど、人を恨みたいことはいっぱいあったはずです。その母に代わって祖母は、母の肚(はら)のなかを代弁するように、『情のない人間は、磔(はりつけ)か火炙(ひあぶ)りにされるといい』と、口癖のようにいっていました。小学生のころのわたしには、祖母のいう『磔』も『火炙り』も意味は分かりませんでしたが、同級生から『父のない子』といわれ、その言葉の奥の暗さを知ることになりました。世のなかにはさまざまな事情から、お母さんだけだったりお父さんしかいない家の子がいることも知りましたけど、わたしの家だけはほかの家とはちがうことが分かり、祖母の口癖の意味を理解するようになったんです」

明日美はそういうと唇を舐(な)めた。

「水を持ってくるね」

シマコはいうと、跳るように椅子を立って取調室を出ていった。

2

六月十九日の夜、松本市の裏町で船田慎士を血祭りに上げた明日美は、ホテルにもどると酔い潰れるまで酒を飲んだ。次の日の朝は食事を抜いて正午に松本を発つ特急列車で新宿へ着き、羽田からは夕方の便に乗り、鹿児島には夜到着した。店に出る気にはなれず、帰宅するとベッドに倒れた。

「次の標的を求めて、松本へやってきたのはいつなんだ」

道原は、水を飲み干した明日美をにらみつけた。

「六月二十九日の夜です」

「どうして、その日にしたんだ」

「仕事の都合で、そうなったんです」

「あんたはスケジュール調整が必要な仕事をしてるようには見えない。六月二十九日にも鹿児島からやってきて、真夜中に重大事件を起こしたんだが、なぜ六月二十九日を選んだのだ」

明日美は首をななめにすると、答えにつまったように黙り込んだ。

道原は五、六分、彼女を観察した。彼女は、答えが喉をのぼってきているが、それをどう話そうか迷っているようにも見えた。

「あんたは、三池かなえさんを、ナイフで刺して殺した。そうだね」

明日美は一分おいて、「そうだ」とうなずいた。

「三池かなえさんを知っていたのか」

「知りませんでした」

「知らない人を、なぜ殺ったんだ」

「船田慎士の愛人だったからです」

「船田さんの愛人でも、あんたにはなんの関係もないだろう」

「船田に可愛がられていたと思うと、憎らしくなったんです」

「三池かなえさんが船田さんの愛人だということを、どこで知ったんだ」

「ある人からの情報です」

「ある人。……名前を正確にいいなさい」

明日美はまた五、六分の間、口をつぐんだ。逡巡(しゅんじゅん)だ。言葉は喉元をのぼってきているのだ。

「船田さんの身辺をよく知っている人から、情報を手に入れたんだな」

道原は語気を強めた。

明日美は、もう逃げられないと観念してか、小さくうなずいた。

「だれだ。だれからだ」

道原には見当がついていたが、明日美の口から名前をいわせたかった。

「花岡さんです」

「健美産業の花岡時行だな」

明日美は、「はい」と答えた。

――六月二十九日の深夜、明日美は松本の裏町通りの一角に立った。ピンクベルというスナックから仕事を終えて出てくるはずの三池かなえを待っていた。日付が変わるころになると、ピンクベルが入っているビルからは女性がぽつりぽつりと出てきた。急ぎ足で消えていく人もいれば、疲れきったようにトボトボと歩いていく人もいた。

腕の時計は六月三十日を指した。明日美とは二十メートルほどはなれたビルの角に立っていた花岡時行の手が挙がった。三池かなえが出てきたのだった。かなえは足を引きずるほどではないが歩きかたには疲れがあらわれていた。彼女は寺の角を曲がった。自宅までは歩いて十五分ほどかかると花岡からきいていた。

明日美はかなえに駆け寄った。かなえは驚いてか振り向いた。『三池さんね』明日美がきくと小さい声で返事をした。

明日美はナイフを隠し持っていた。なにかいおうとしたかなえの腹へ、ナイフを打ち込んだ。かなえは一瞬、目を丸くして口を開け、明日美の肩か胸のあたりをつかもうとした。が、崩れるように両膝を地面についた。快感のようなものが手先から肩へと伝わった。もう独りだれかがそこにいたら、その人の腹にもナイフを突き刺したかもしれなかった。

明日美は血の付いたナイフをにぎったまま走り、川に突き当たると暗い流れに投げ捨てた。川沿いの道にも橋の上にも人はいなかった。張り込んでいた位置へはもどらなかったが、花岡も姿を消したにちがいなかった——

明日美は花岡時行を、どこで知ったのかをきき出す必要があった。

今年の三月。強い風が吹き荒れて、近くのラーメン屋の看板が舞い上がり、それが衝突したために何人かが怪我をした。

その日、明日美はボクシングジムにいかず午後八時ごろからゼブラへ出ていた。客が一人いたが、まるで明日美のことが嫌いだというふうに、帰った。

ボックス席の配置を変えてみようかと、かほると話し合っているところへ、四十二、三歳のスーツ姿の男が入ってきた。初めての客だった。話してみると松本からきたといったので、明日美はその客にカウンターからボックス席へ移ってもらった。男から名刺をもらった。健美産業の花岡という社員だったので、どきりとした。その会社の社長は船田慎士だからである。

明日美が松本で唯一知っている会社の社員が飲みにきた。これは偶然なのだろうかと彼女は、さぐりを入れるように社長のことをきき、花岡に鹿児島へきた目的をそれとなくきいた。

『うちの社長は鹿児島市の出身なんだ。こっちに係累や知り合いがいるからだろうが、年に二、三回は、出張と称して鹿児島へきている。この店にも寄ったことがあるんじゃないだろうか』

といった。

『いいえ。うちへおいでになったことはありません。おたくの社長さんは、鹿児島のお友だちに会いにおいでになっていらっしゃるんですね』

明日美は声を低くしてきいた。

『知り合いに会いにいっているようなことをいってるけど、じつはなにかをさぐっているようなんだ』

『さぐるとは、どんなことをですか』

明日美は胸を押さえた。

『何年か前に、社長の兄さんが海で妙な亡くなりかたをしている。警察は当然死因を疑って調べただろうけど、なぜ海に落ちたのかは分からなかった。現在もその事件は捜査中だと思うけど』

『それ、事件なんですか』

『だれかに海へ突き落とされた可能性があるからです。そうだとしたら、犯人を挙げなくてはならないのでね』

花岡は酒が強かった。ウイスキーの水割りを飲んでいたが、四、五杯目にはもう少し濃くしてくれといったし、何杯でも飲めそうだった。

明日美は花岡のスケジュールをきいた。あしたじゅうに松本へ帰ればいいということが分かったので、あした会う約束をした。花岡は船田慎士と明日美の続柄をつかんでいて、彼女がどんな人間なのかを知るために鹿児島までやってきたのではないかと勘繰った。そういうことを知りたいということは、彼にはなにかのもくろみがあるにちがいないと明日美は読んだ。

翌日の昼近く、明日美は花岡が宿泊した城山観光ホテルを訪ね、庭園の先に桜島が映っているラウンジで会った。明日美の勘は当たっていた。花岡は船田慎士と彼女の続柄を知っているといった。勿論（もちろん）、母・タキのことにも通じていた。

『あなたのお母さんは、天文館でボルガという店をやっているそうですね』

ともいった。

花岡の話をきいていると、彼は社長である船田の弱点をつかもうとしているらしいことが分かった。ウイークポイントをにぎろうとしているということは、社長の失脚を狙っているにちがいなかった。

『あなたは船田慎士をどう思っているんですか』

花岡はきいたので、『冷たい人間なので、恨む気持ちもある』と答えた。

『お母さんは、どう思っているんでしょうか』

『母に直接きいたことはありませんが、悔しいとか憎いという思いを隠しているにちがいありません。わたしは祖母から、母が胸のなかにしまっているにちがいない、悔しい思いをきいたことがありました』

それはどんなことかと花岡がきいたので、明日美は祖母からきいたことを話した。

――母のタキは、勤めていた酒造所から借金をしていた。その金額を少しでも減らしたかったので、船田慎士に援けを求めた。だが船田はタキの願いを斥（しりぞ）けた。タキは船田の兄の直範を知っていたので、同じように援けてもらいたいと頼んだ。答えは慎士と同じで、人に貸す金はない、と一蹴（いっしゅう）された。タキは二度三度と直範を訪ね、慎士の子を産んだのだと打ち明けた。だが彼の答えは、『おれには関係のないことだ』と冷たかった――

明日美は祖母から船田直範のことをきいていたので、そっと彼を見にいった。彼は酒好きでたびたび外で飲酒することを知った。

明日美は、母や叔母や祖母の思いを背負ったつもりで、直範を血祭りに上げることにした。声色を使って直範の勤務先に電話し、鹿児島木材港近くの小料理屋で会う約束をした。

彼は彼女の指定した店へやってきた。彼女は物陰から彼のようすをうかがっていた。彼は、人を呼び出しておいて約束の時間にあらわれないとは非礼な、と思ったろうが、居酒屋に小一時間いて店を出てきた。機嫌を損ねているにちがいなかった。彼は船を見るように岸壁に立っていた。日はとっぷり暮れ、オレンジ色の薄いライトが岸壁に降っているだけだった。明日美は、彼に近づくなり力一杯背中を押した。彼は自ら飛び込んだように、両手を広げてドボンという音をきかせた。

明日美は、初めて花岡時行に会ってから約一か月後、松本へ彼を訪ねた。彼は歓迎するような顔をした。

彼女ははっきりと、船田慎士に家族の恨みを晴らしたいと話した。

うなずいた花岡は、『手を貸す』といった。

船田がときどき飲みにいく店を教えられた。

明日美は、事件を起こすが、捜査の手が伸びてきても、絶対に口を割るな、と彼に釘を刺した。明日美は約束を取りつけて鹿児島へ帰った。

六月十八日、彼女は鹿児島空港を発った。東京へ着くと上野へいって折りたためるナイフを買った。松本へ着くと裏町をぶらついた。花岡には松本へきていることを電話で伝えた。

翌十九日は夕方から、船田の行動を監視していた。それには花岡の協力があった。

明日美は、闇に溶けてしまいそうな黒い服装をして裏町の一角の暗がりに立った。花岡の話では船田は最近飲み屋を二軒ハシゴするということだった。

張り込んでいるうちに雨が降りはじめた。さらに三十分ほど経つと、船田がビルを出てきた。彼はタクシーを拾って帰宅してしまうかもしれないと思った。が、シャッターを下ろしている商店の軒下に駆け込んだ。明日美の前を走っていく人が数人いた。

人影がなくなった。『いまだ』彼女は自分に気合いを入れた。ナイフを固くにぎって飛び出していくと、船田慎士に体当たりした。彼は、『うおっ』と唸ると膝を折った。

花岡は道路の反対側の暗がりから目を凝らしていたにちがいなかったが、船田の腹を刺した明日美はその場をはなれると、一目散に走り、井戸を見つけると手とナイフを洗った。洗い終えると水を飲んでまた走った。川に突き当たった。なんという川かは分からなかったが、橋の上から流れに向かってナイフを落とした。

3

桑添明日美は、船田直範、船田慎士、三池かなえの三人を殺した。標的をすべて始末したようだったが、なにかもの足りなさが残っていた。もの足りなさもだが、仕返しが間近に迫っているような不安感が頭にかぶさっていた。毎朝、目醒(めざ)めるたびにその不安感を消し去る方法はないものかと、頭を抱えていた。

そこへ松本の花岡から情報が入った。七月十五日に、鹿児島市の正覚寺において船田慎士の納骨式を執り行う。船田の家族は前日に鹿児島に着く、と知らせてきた。

その前に、問わず語りに花岡は、健美産業の後継者について船田家と揉(も)めていると電話でいっていた。船田の妻だった紀子は口やかましくて、会社の業務内容を十日おきに細かく報告にくるようにと花岡にいいつけていた。花岡はそれを守って自宅を訪ねていたが、その席には長女と次女も同席した。長女は黙って母親と花岡が話すことをきいていたが、次女の綾乃は花岡の説明に首を傾げ、口をさしはさんだ。

『花岡さんは、母を社長にすることに反対のようですので、わたしが社長になるというのはどうですか』などといったことがあった。若いが弁がたつ娘なので、花岡は紀子とともに、綾乃をも苦手にしているということだった。

『その小娘も消してしまえば』明日美がいうと、花岡はぶるっと身震いしたようだった。

七月十五日が近づいた日、花岡が電話で、船田紀子と娘たちが泊まるホテルを知らせてきた。花岡も同じホテルに泊まるのかときくと、彼は納骨式当日に駆けつけるといい、仕事が立て込んでいるのだといい足した。

正覚寺ではじめられた船田慎士の納骨式を、明日美は寺の庭を歩きながら横目に入れていた。僧侶の読経を頭を垂れてきいている人たちのなかに花岡がいた。彼は黒のスーツだった。

午後三時すぎに一切の行事がすんだようで、出席した人たちが寺を出ていった。花岡が電話をよこし、紺色のワンピースの娘が船田綾乃だといった。紀子の横にくっついている娘がいたので綾乃だろうとは思っていた。彼女は長い髪を背中に広げていた。長女の真琴はおとなしげな顔立ちだが、綾乃は華奢（きゃしゃ）なからだで才気走っているように見えた。

綾乃は同年輩の女性と肩を並べて寺を出ていった。母や姉とは別行動のように見えた。明日美は、話しながら笑いながら歩く綾乃たちを尾けた。

二人はカフェに入った。明日美は二人が出てくるのを、カフェが見えるところに立ち、ときどき移動しては待った。二人は二時間あまりして店を出てくると、まだまだ話し足りないというふうに顔を見合わせては笑っていた。

盛り場の天文館に着くと、しばらく飲食店を物色しているような歩きかたをしていた。二人で食事をするようだった。

二人は店の外に出ているメニューを見てやっと料理屋へ入った。その店にも二時間ばかりいて、手をつなぐようにして出てきた。明日美は二人を尾行していたが疲れが出てきた。今夜は決着をつけるスキはないと思ったとき、綾乃と一緒に歩いていた娘が自販機に駆け寄った。通行人はいた。酒に酔った人が千鳥足で歩いてきて、明日美にぶつかりそうになった。女性が乗った自転車が人をよけて走っていった。それらが一つの画面になっていた瞬間、明日美は何者かに背中を押された。彼女はズボンのポケットに手を入れた。ナイフをにぎったのだ。空を仰ぐように顔を上に向けて立っている綾乃に抱きついた。左の腹にナイフを打ち込んだ。すぐに抜くと倒れかかってきた綾乃をよけると、ナイフを隠して走った。

一キロぐらいは走ったと思う。かすかな波音をきかせている岸壁に着いた。海は墨のように黒かった。そこへナイフを放り投げた。音はきこえなかった——

桑添明日美は鹿児島県警本部へ移送された。

船田直範、船田慎士、三池かなえ、船田綾乃の四人を殺した明日美を、県警本部の複数の捜査員は、不思議な生き物に出会ったような目をして、しばらく見つめた。

五十代の管理官が、親の怨念(おんねん)を汲み取ったという心情は解らないではないが、どうして殺害という行為に奔(はし)ったのだと追及した。

「祖母と叔母から、母の苦労を繰り返しきいているうちに突き上げてきた、わたしがなんとかしなくてはという衝動を、抑えられなくなりました。日に一度は燃え上がるように起こる炎で、なにかを突いたり、叩いていないと治まらなかったんです」

「あんたのおばあさんとおばさんは、お母さんの苦労や悔しい思いを、繰り返し話していたんだね」

「わたしがきき分けのない赤ん坊のころから、数えきれないほど」

と、明日美は凍るような声で答えた。

松本署は、花岡時行を健美産業から連行して、桑添明日美と親しい間柄だったかをきいた。すると彼は、「そんな人は知らない」といった。

船田慎士の行動の情報を詳細に与えたのではないか、と追及したが、知らないの一点張りだった。

道原が代わって尋問することにした。

「船田慎士さんが三池かなえさんと親しかったというのは、あんたしか知らないことだった。それを明日美は知っていた。あんたが教えたんだろ」

「私は、明日美なんていう人を知りませんし、社長がどういう女性と親しかったかも知りません」

「あんたは証拠をにぎられていないと思っているらしいな」

道原がいうと花岡の眉がわずかに動いた。それまで落着いた態度で答えていたのに、上体を左右に揺らした。

「あんたは、米川英一名義のケータイを持っていて、それで桑添明日美と連絡を取り合っていた。……六月二十九日には明日美のスマホに三回電話をしているじゃないか」

松本署は、明日美に掛かった電話の発信者を調べた。するとそのなかに米川英一がいた。米川という男は実在の人物だが、不良である。携帯電話をいくつも持っていて、それを貸したり売ったりしているのだった。

花岡は六月十九日にも米川名義のケータイで明日美に掛けていた。その日は船田慎士が裏町で、腹を刺されて死んでいる。花岡が手引きして明日美に殺させたにちがいなかった。

花岡は手引きを自供しなかったが、鹿児島県警本部へ送られた。そこでも船田綾乃が天文館で刺されて死んだ事件を手引きしたことを追及された。

はじめは、桑添明日美を知らないといっていた。が、花岡は三月に、自分のスマホからも明日美に電話している事実が判明したので、それを追及されるとがくりと首を折った。

「あんたはタダで、明日美に、船田さんの行動の情報を知らせたんじゃないだろう。なにかの見返りを求めていたにちがいない」

管理官は厳しい口調で追及した。

花岡は明日美に犯意があるのを汲みとったので、彼女をそそのかしたのではとみて追及すると、「申し訳ありませんでした」と頭を下げた。

花岡は二、三年前から社長の船田が死なないものかと思う日があった。健美産業は中古のビルやマンションを買い取って転売しているが、儲かる事業だった。利益をあげていたので、船田は市内の高級住宅地へ土地を買って広い家を建てた。その住宅が完成したとき友人や主な取引先を招待した。社員たちは来客の接待に追われた。花岡も酒を運んだり、客の盃に注いでまわった。

四十代に近づいていたころから花岡は自分の家が欲しくてしかたなかった。建売住宅を買うという手もあって住宅を妻と一緒に見にいったが、造作が安っぽくてどの家も気に入らなかった。少しばかり狭くても自分が設計した重厚な造りの家が欲しかった。

社長の船田が事故にでも遭って死んでくれないかと、天を仰いで手を合わせたことも一再でなかった。彼は船田に、自分の家が欲しいと話したことがあったが、『中古住宅を買えばいいじゃないか』と気のないことをいったし、以来、花岡の住宅に関心のありそうな話をしたこともなかった。彼は現在も賃貸マンションに住んでいる。

社長が死ねばこれまでの貢献度からして自分が社長になるだろう。社長の妻もそれを認めるにちがいないと読んでいた。だが社長の健康状態は良好のようだった。毎月、大学病院へいって健康チェックを受けていた。酒好きで週に二日ぐらいは松本の裏町へ飲みにいっているが、ぐでんぐでんに酔うほどは飲まない。酒を飲みながら女性と話をするのが好きなのだ。現に愛人もいて、日曜や祝日の昼間会っているようだった。

花岡にとって憂鬱(ゆううつ)なのは社長が健康なことであった。

毎日、勤勉なふりをして会社に出ていた花岡に変化が生じた。鹿児島へいって桑添明日美という長身の女性に会ったときからである。

彼女に、親の代から船田慎士に対して恨みを持っていることをきいた。その話をきいているうち、社長の兄が鹿児島の海で死んだ事件を思い出した。自宅とも勤務地ともはなれた海で死体で発見されたことから、他殺の疑いも持たれていたが、死亡にいたる原因は不明のままだった。

花岡は明日美の話をきいているうち、社長の兄の船田直範は彼女の手によって葬られたのではないかとみるようになった。

明日美は、松本で船田慎士を殺したいのだといった。普通の人は、そんな話をきいたら、のけ反るか考え直せというだろうが、花岡は彼女に加勢することにした。だれになぜ殺られたのかが分からなければ、計画は成功したことになる、と花岡がいうと彼女は、絶対に尻尾はつかまれない。第一動機が不明なんだから、犯人を割り出せない、といいきった。そこで花岡は手引きを引き受けた。

4

松本署は、船田慎士と三池かなえを殺害した桑添明日美を、連日取調べていた。取調べにあたった道原は彼女に、

「あんたのやったことを、家族は知らなかったのか」

ときいた。

「なんとなく家族のあいだの空気が冷たく感じられ、母も叔母も黙りこくっていることが多くなりました」

「住まいはマンションで、それぞれがべつの部屋に住んでいるということだったが」

「そうですが、三人はしょっちゅうおたがいの部屋を行き来していましたので」

鹿児島県警本部は、桑添タキとハルの姉妹を呼んで、明日美の犯行を細かく話した。タキは、『船田姓の人が何人も亡くなるので、恐さを覚えておりました』

といった。

ハルは、『明日美の心には、姉とわたしの恨みが溜ってしまい、それが桜島の噴火のように、抑えきれなくなって、噴き上がるのではないでしょうか』

といって、唇を噛んだ。

明日美と花岡が逮捕されなかったら、彼女は花岡を、彼のほうは明日美を、抹殺するスキを狙っていたことだろう。

明日美と花岡が犯行を全面自供した三日後、鹿児島中央署の伊地知から角封筒が道原に送られてきた。中身は二日前の鹿児島の新聞だったが、そのあいだから写真が一枚滑り落ちた。坊主頭の男が床几に腰掛けて新聞を広げている写真だった。が、よく見るとその男は、かつて野山若葉を追いかけていた金武咲人だった。彼の足下には白黒ブチの猫が寝そべっているし、なぜなのか銀色をしたヤカンが置かれている。

この作品は２０１８年9月徳間書店より刊行されました。
なお、本作品はフィクションであり実在の個人・団体などとは一切関係がありません。

徳間文庫

人情刑事・道原伝吉
松本－鹿児島殺人連鎖

© Rintarô Azusa　2020

2020年3月15日　初刷

著者　梓林太郎
発行者　平野健一
発行所　株式会社徳間書店
東京都品川区上大崎三－一－一
目黒セントラルスクエア　〒141－8202
電話　編集〇三（五四〇三）四三四九
　　　販売〇四九（二九三）五五二一
振替　〇〇一四〇－〇－四四三九二
印刷
製本　大日本印刷株式会社

ISBN978-4-19-894531-2　（乱丁、落丁本はお取りかえいたします）